# TROUBLE MIT DEM TERRIER

## MISS DOLITTLES GEHEIMNIS
### BAND 2

## MOLLY FITZ

KATZENGEHEIMNISSE

# ÜBER DIESES BUCH

**Katzendetektiv trifft auf Hundezeugen ... Was sollte da schon schiefgehen?**

Ich habe mich endlich mit der Tatsache abgefunden, dass ich mit Tieren sprechen kann, auch wenn das einzige Tier, das mir jemals antwortet, eine mürrische, getigerte Katze ist, die ich Octocat nenne. Noch weiß ich allerdings nicht wirklich, wie ich mein Geheimnis vor anderen verbergen kann ...

Jetzt hat einer der Mitarbeiter meiner Anwaltskanzlei dieses seltsame, neue Talent von mir entdeckt und besteht darauf, dass ich ihm helfe, damit sein Klient von einer doppelten Mordanklage freigesprochen wird. Octocat jedoch verspürt nicht die geringste Lust dazu, uns zu unterstützen.

Unsere einzige Hoffnung ruht jetzt auf einem verstörten Yorkie namens Yo-Yo, der noch nicht ganz kapiert hat, dass seine Besitzer tot sind. Werden wir einen Weg finden, Yo-Yo dazu zu bringen, uns bei der Aufklärung des Mordes zu helfen, ohne sein armes Hundeherz zu brechen?

# ANMERKUNG DER AUTORIN

Hallo. Danke, dass du dieses Buch gekauft hast. Wenn du ebenfalls ein großer Fan von spannenden, schrägen Tierkrimis bist, sollten wir unbedingt Freunde werden.

Wie wäre es, wenn du direkt einmal meine Facebook-Seite besuchst, die ich speziell für meine treuen deutschen Leser eingerichtet habe? Hier der Link dazu: **Facebook.-com/Katzengeheimnisse**

Oder melde dich für meinen Newsletter an und sichere dir als Abonnent gratis ein digitales Geschenkpaket, einschließlich einer exklusiven Kurzgeschichte über Octocat: **Katzengeheimnisse.com/Abonnieren**

Ich bin sicher, wir werden eine Menge

Spaß miteinander haben. Also schnell umblättern ...

Wir sehen uns dann auf der nächsten Seite.

MOLLY

**1**

Hi, ich bin Angie Russo, und mein Haustier – ein Kater – kann sprechen. Nun ja, er spricht zwar nur mit mir, aber immerhin. Inzwischen sind schon wieder einige Monate vergangen, seit er zu mir kam, nachdem seine Besitzerin ermordet wurde. Sie war eine ganz liebe alte Dame, die von einem gierigen Mitglied ihrer eigenen Familie, das an ihr Erbe wollte, vergiftet wurde.

Seitdem versuchen Octocat und ich, uns an unser neues Leben in der Wohngemeinschaft

zu gewöhnen. Meistens ist er nett zu mir, zumindest, solange ich ihm pünktlich sein Frühstück serviere und ihn auf keinen Fall „Kätzchen" rufe. Das mag er überhaupt nicht! Er hat sogar gelernt, sein iPad zu benutzen und mich über FaceTime anzurufen, damit wir miteinander kommunizieren können, während ich im Büro bin.

Ganz recht – *sein* iPad.

Habe ich schon erwähnt, wie verwöhnt er ist?

Er hat nicht nur sein eigenes Tablet – und einen Treuhandfonds für seinen Unterhalt –, er besteht auch noch darauf, Evian-Mineralwasser frisch aus der Flasche zu trinken. Und zu essen gibt es ausschließlich ausgesuchte Lieblingsspeisen, die nur auf speziellem Geschirr und zu streng einzuhaltenden Zeiten serviert werden dürfen.

Ich muss zugeben, er hat sich in mein Herz geschlichen, etwas, das ich mir anfangs ehrlich nicht hätte vorstellen können. Momentan mag ich sogar meinen Job als Rechtsanwaltsgehilfin bei Fulton, Thompson und Partner. Die Dinge und Tage waren ziemlich aufregend, seit die Fultons abrupt die Stadt verließen und unsere Firma ihren Seniorchef verlor.

Ein knallharter Konkurrenzkampf um seine Nachfolge ist entbrannt. Aber bis Mr. Thompson eine Entscheidung trifft, wen er befördert, sind wir schlichtweg „Thompson und Partner."

Jede Menge Kandidaten – sowohl von innerhalb der Firma wie auch von außerhalb – haben schon unser Büro durchlaufen, in der Hoffnung, den begehrten Top-Job in Blueberry Bays angesehenster Anwaltskanzlei zu ergattern, aber Thompson wollte oder konnte sich offenbar noch nicht festlegen.

Ich kann ihm das nicht verdenken. Ich jedenfalls möchte definitiv nicht in seiner Haut stecken.

Unsere Firma ist jetzt zumindest berühmt-berüchtigt, nach dem überraschenden Mordfall, in den einer ihrer Partner und seine Familie verwickelt waren. Jeder wollte natürlich wissen, was da passiert ist, aber Mr. Thompson ermahnte uns und machte uns deutlich, dass wir kein Recht hätten, die Sache mit irgendjemandem zu diskutieren.

In der Zwischenzeit hatte er für den Übergang einen neuen Partner eingestellt, der uns helfen soll, unser erhöhtes Arbeitspensum zu schaffen. Charles Longfellow, der Dritte (!), kam zu uns, auf Empfehlung und mit ausgezeichneten Referenzen, die nur noch durch sein Aussehen übertroffen werden.

Es ist schon eine ganze Weile her, dass ich mich in jemanden verguckt habe – aber mein Gott – bei Charlie hat es mich so richtig erwischt. Er hat dieses dicke, gelockte Haar, das ihm in perfektem Schwung in die Stirn fällt. Dazu ist er groß gewachsen – wie man sich vielleicht einen Basketballspieler auf der Highschool (aber nicht unbedingt auf der Uni) vorstellt, und man kann sich leicht in seinen dunkelgrünen Augen verlieren. Ich weiß das deshalb, weil es mir schon öfters passiert ist …

Jawohl, sosehr ich normalerweise auch Bücher den Jungs vorziehe – wenn Charlie in der Nähe ist, schwebe ich auf Wolke sieben und werde nervös. Das ist wohl auch der Grund dafür, dass ich so einen kolossalen Fehler begangen habe …

Jetzt werde ich mit meinem größten Geheimnis erpresst – der Tatsache, dass ich mit Tieren sprechen kann.

Was so schlimm daran ist? Dass es mir sogar gefällt!

Aber vielleicht sollte ich am Anfang beginnen, oder?

Ich versuche es einfach mal …

* * *

Octocat rief mich kurz vor zwölf Uhr mittags über FaceTime an. Ich war natürlich im Büro, aber nachdem er genau wusste, dass er mich dort nur im Notfall kontaktieren durfte, entschied ich mich, das Gespräch anzunehmen, wofür ich meine Arbeit unterbrechen musste. Immerhin hatten schon fast alle das Büro verlassen, um sich zu einem frühen

Mittagessen zu treffen. Also war ich mehr oder weniger allein im Gebäude.

„Was ist denn los?", fragte ich, während ich meinen Blick über die Räumlichkeiten wandern ließ, nur um sicher zu sein, dass auch wirklich alle weg waren. Normalerweise ging ich für Telefonate mit Octocat extra auf die Toilette, aber dort hatte sich ein Juniorpartner vor seinem Weggang mindestens eine halbe Stunde lang verbarrikadiert, sodass dieser Ort für eine Weile bestimmt nicht angenehm für denjenigen war, der ihn als Nächsten aufsuchen musste.

„In meinem Evian-Wasser schwimmt eine Fliege", beklagte sich mein Kater lautstark mit einem klagenden Miauen. Sein Gesicht sah völlig aufgelöst aus, als er es für mich extra nahe an die Kamera hielt.

„Oh, du armes Ding", gurrte ich, während ich außerhalb seines Blickfeldes die Augen verdrehte. Octocat war eindeutig zu verwöhnt und schadete sich damit manchmal selbst. Aber andererseits erhielt ich immerhin monatlich fünftausend Dollar für seine Pflege, also durfte ich mich wohl nicht zu sehr beschweren?

„Genau was ich denke", antwortete er mit einer Grimasse und einem leichten Seufzen. „Du musst sofort heimkommen, um diese Situation zu bereinigen."

„Tut mir leid, das kann ich nicht. Ich bin im Büro", erinnerte ich ihn mit einem ähnlich gequälten Seufzer, während ich träge durch meinen übervollen E-Mail-Posteingang scrollte.

Octocat knurrte, als er merkte, dass ich ihm nicht meine volle Aufmerksamkeit schenkte. „Ich dachte, du wolltest jetzt nur noch Teilzeit arbeiten?"

Weshalb musste ich einer Katze nur dauernd meine Lebensentscheidungen erklären? Er merkte sich ohnehin nur selten, was ich ihm sagte. Wir hatten exakt die gleiche Unterhaltung über meinen Job mindestens schon drei Mal geführt. Diese ständigen Wiederholungen würden daran auch nichts ändern.

Aber trotzdem war es wohl einfacher, alles nochmal zu erläutern, als wieder einen seiner kleinen Wutanfälle zu riskieren.

„Ja, auf dem Papier arbeite ich Teilzeit", erklärte ich geduldig, „aber solange Mr. Thompson nicht endlich einen neuen Partner einstellt, muss ich Überstunden machen. Hier ist wirklich sehr viel los und leider kann ich deswegen jetzt nicht einfach kurz mal nach Hause kommen, nur um dir neues Evian in deine Schale einzugießen. Tut mir wirklich leid."

Seine Augen zogen sich ärgerlich zusammen, in Vorbereitung auf einen kleinen Privatkrieg, nur um sich bei diesem lächerlichen Dialog durchzusetzen. „Aber bekommst du nicht eine wirklich anständige, monatliche Summe, um sicherzustellen, dass ich die reguläre, mir zustehende Behandlung erhalte? Ich bin es jedenfalls ganz bestimmt nicht gewohnt, dass in meinem Evian eine halbtote Fliege schwimmt!"

Und schon wieder war es einfacher nachzugeben, als weiter stundenlang zu diskutieren. *„In Gottes Namen*! Ich schicke dir Großmutter vorbei, damit sie dir frisches Wasser gibt. Bist du jetzt zufrieden?"

Er gähnte, was mich noch mehr ärgerte. „Nicht wirklich. Ich werde Tage brauchen, um mich von diesem Schockerlebnis zu erholen. Bitte stell sicher, dass Großmutter auch weiß, dass sie die eklige Tasse jetzt wegwerfen muss."

„Du bist ein Kater", presste ich zwischen zusammengepressten Zähnen hervor. „Du solltest ein gefährlicher Jäger sein, kein verwöhntes Baby. Weißt du, andere Katzen sind sogar …"

„Angie?" Eine tiefe, verträumte Stimme unterbrach unsere Unterhaltung.

Oh, nein, nein, und nochmals nein. Es sollte doch jeder das Haus verlassen haben!

Ich wirbelte auf meinem Stuhl herum und sah keinen Geringeren als Charles Longfellow, den Dritten, hinter mir stehen. Er glotzte über meine

Schulter auf das Display meines Telefons und sah …
Octocat.

„Oh, hallo Charles." Nervös drückte ich auf die
Taste, um das Telefonat zu beenden, aber es war
bereits zu spät. Er musste schon mehr als genug
gehört und gesehen haben, um hinter mein
Geheimnis zu kommen. Ich konnte bestenfalls darauf
hoffen, dass er schlichtweg annahm, einer von uns –
oder auch beide – wären verrückt geworden.

Immerhin war es schon mal ein gutes Zeichen,
dass er mich anstarrte, als wäre mir ein zweiter Kopf
gewachsen. Das wäre vermutlich leichter zu
verstehen gewesen als das, was er tatsächlich beobachtet hatte.

„Alles okay mit dir?", fragte er schließlich und
zog eine seiner dicken Augenbrauen hoch. Die Luft
im Büro fing plötzlich an zu knistern und wurde so
dünn, als wären wir auf den Gipfel des nächsten
Gebirges gebeamt worden.

Ich nickte und wünschte mir inständig, er würde
aufhören zu fragen und endlich wieder gehen. „Alles
wunderbar. Danke", log ich und hoffte, ich hätte
zumindest ein wenig von Großmutters Schauspielta-
lent geerbt. Allerdings sah es so aus, als ob sich mein
Kollege von meinen kläglichen Versuchen, die Situation herunterzuspielen, nicht täuschen ließ.

Seine Stimme troff vor Sarkasmus, als er sagte „Bist du dir sicher? Denn es hörte sich ganz so an, als bräuchte deine Katze etwas Hilfe ..." Und natürlich fügte er noch mit einem zuckersüßen Lächeln hinzu, dass sich über das ganze Gesicht erstreckte: „Mit Evian, stimmt doch, oder?"

Vor Schreck blieb mir der Mund offenstehen und ich brachte angesichts des unglückseligen Moments von soeben, dessen Zeuge mein Schwarm geworden war, kein weiteres Wort heraus.

„Nun?", verlangte er zu wissen. „Hast du – oder hast du nicht – gerade mit deiner Katze gesprochen?"

Ich strich mir eine Haarsträhne hinters Ohr und schluckte schwer, bevor ich ihm eine Antwort gab. „Na ja, ich rufe ihn manchmal an, wenn ich weg bin. Er leidet unter Trennungsangst, von daher ..." Ich lächelte so einschmeichelnd wie möglich an, aber es schien nicht zu wirken. Ich stand auf verlorenem Posten.

„Aber es hörte sich doch ganz so an, als würde er dir antworten." Charles schien sich sicher zu sein. „Als hättest du tatsächlich eine richtige Unterhaltung mit ihm geführt."

Ich blinzelte heftig, während ich stammelnd hervorstieß: „Was? Jetzt sei nicht albern! Natürlich kann ich nicht mit Tieren reden. Ich meine, wer kann das schon?"

„Du anscheinend", erwiderte er und blickte mich scharf an. Offensichtlich wollte er mich nicht vom Haken lassen, bevor ich nicht die Wahrheit aussprach und zugab, was ich unbedingt verheimlichen wollte.

Ich schluckte den dicken Kloß im Hals hinunter und fing dann lauthals zu lachen an. „*Erwischt!* Ich kann nicht glauben, dass du auf meinen kleinen Trick hereingefallen bist!"

Charles schob beide Hände in seine Jackentaschen und wippte auf den Fersen auf und ab, erwiderte jedoch nichts darauf.

Oh, du meine Güte. Warum blieb er denn stumm?

Mein Herz galoppierte wie ein wilder Hengst, und mein Lachen erstarb.

Charles studierte mich sekundenlang und mir gelang es einfach nicht, wegzuschauen. „Du kommst jetzt mit mir", meinte er schließlich.

„Was?" Ich verschränkte die Arme trotzig vor der Brust. „Auf keinen Fall. Ich habe hier noch viel zu viel Arbeit."

Er stützte sich mit den Handflächen auf meinem Schreibtisch ab und beugte sich vor, sodass unsere Gesichter nur wenige Zentimeter voneinander entfernt waren. Unter so ziemlich allen anderen Umständen hätte mich seine Annäherung gefreut.

So jedoch war ich einfach nur entsetzt.

„Oh doch – du kommst jetzt mit mir!", wiederholte er mit einem teuflischen Grinsen.

„Es sei denn, du möchtest, dass ich jedem erzähle, was ich gesehen habe."

Ich schluckte erneut. „Jedem?"

„*Jedem*", bestätigte er, bevor er sich wieder zu voller Größe aufrichtete und seine Krawatte richtete.

Komplett durcheinander und unfähig, einen Ausweg zu sehen, stand ich auf, um mit ihm zu gehen.

„Sehr gut", sagte er, während er mir die Tür aufhielt und mich per Handbewegung aufforderte, hindurchzugehen.

Ich drehte mich um und musterte ihn. „Wo wollen wir überhaupt hin?"

„Zu mir", antwortete er kühl, als wir über den Parkplatz in Richtung seines Wagens liefen. Charles hatte mich noch nie zuvor irgendwohin eingeladen oder auch nur mitgenommen – und schon gar nicht in seine Wohnung. Dummerweise hatte ich das Gefühl, dass mir das, was mich dort erwartete, überhaupt nicht gefallen würde.

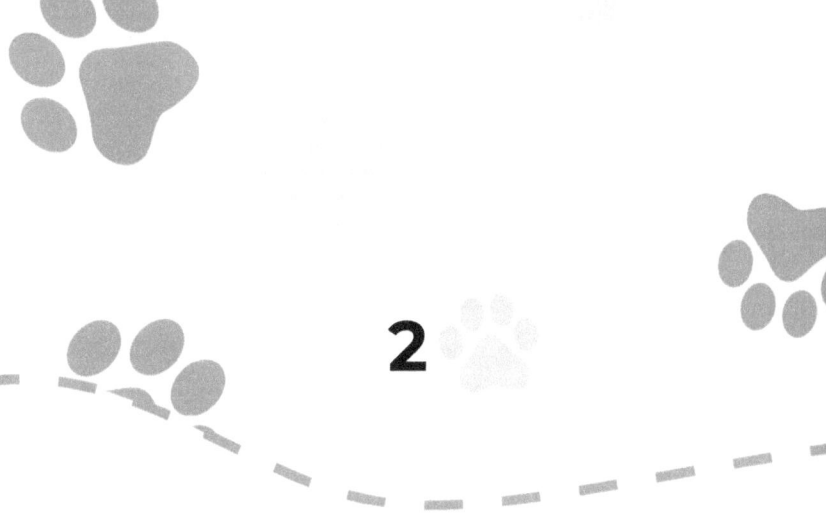

# 2

**E**twa fünf Minuten, nachdem wir das Büro
verlassen hatten, erreichten wir die Cliffside-Apartments. Ich war überrascht, dass
er in solch einer einfachen Unterkunft lebte, obwohl
es doch nicht weit von hier wesentlich schönere
Wohnungen gab. Cliffside war normalerweise eher
etwas für junge Studenten oder Leute, die sich gerade
so durchschlugen.

Als Anwalt hätte Charles sich etwas wesentlich
besseres leisten können, und auch Sichereres.
Glendale hatte zwar keine große Kriminalitätsrate,
aber wenn etwas passierte, dann geschah es in neun
von zehn Fällen hier. Aber vielleicht wollte er als
Strafverteidiger gerade deshalb in der Nähe seiner
Klienten sein? Andererseits waren die meisten

Delikte, mit denen wir es zu tun hatten, sogenannte „Weiße Kragen"- Fälle, also eher Wirtschaftskriminalität – keine Überfälle oder Ähnliches. Mit den fleckigen Teppichen und der abblätternden Farbe an den Fassaden fiel Cliffside wohl nicht in diese Kategorie.

Bedeutete die Tatsache, dass er hier wohnte, dass er gar nicht plante, länger in Blueberry Bay zu bleiben? War er nur auf der Durchreise, wie so viele andere, die in derartig heruntergekommenen Absteigen lebten?

Obwohl er mich jetzt anscheinend erpressen wollte, hoffte ich doch, dass er etwas länger hier leben würde. Trotz allem mochte ich ihn immer noch, und seine Gesellschaft war mir lieber als die der anderen Kollegen in der Firma. In letzter Zeit hatte ich zwar mit Bethany eine zaghafte Freundschaft geschlossen, aber wir fanden trotzdem nicht so recht zueinander. Wir kamen einfach aus zwei verschiedenen Welten.

Trotz seines vornehmen Namens waren Charles und ich vielleicht gar nicht so verschieden, wie man glauben könnte. Nein – auch ich war nicht arm aufgewachsen, aber Großmutter hatte mich Bescheidenheit gelehrt, auch wenn andere mich mit Verehrung und Lob überschütteten. Ihr Mantra war stets, dass die Bühne etwas für Stars war – während das richtige Leben für richtige Menschen sei.

Vielleicht hatte er eine ähnliche Erziehung genossen – obwohl Cliffside selbst für mich etwas zu sehr dem „richtigen Leben" ähnelte.

Während der Fahrt hatte er nicht viel gesprochen und war auch jetzt noch schweigsam, als er mich die Stufen zum dritten Stock hinaufführte.

„Hier wären wir", sagte er nur, während er den Schlüssel im Schloss umdrehte.

Ich zuckte mit den Schultern und folgte ihm hinein.

Sofort wurden wir von einem bellenden Hund begrüßt, der so aufgeregt war, uns zu sehen, dass er direkt vor unseren Füßen auf den Boden pinkelte.

„Tut mir leid!", fluchte Charles und griff nach einer Küchenrolle auf der Arbeitsplatte. „Manchmal überkommt ihn einfach die Freude."

„Das kann man wohl sagen." Höflich tätschelte ich dem kleinen Kerl den Kopf, widerstand jedoch der Versuchung, ihn hochzunehmen. Schließlich war ich heute nicht in der Stimmung, mich anpinkeln zu lassen.

Etwas anderes kam mir ebenfalls seltsam vor: Obwohl Charles schon mindestens einen Monat bei uns war, sah ich mehr ungeöffnete Umzugsboxen herumstehen als Möbel oder persönliche Sachen. Wieso hatte er dann aber schon einen Hund? Und was machte der allein hier in der ganzen langen Zeit, die sein Herrchen bei Thompson verbringen musste?

Charles machte alles sauber, wusch sich die Hände und forderte mich auf, es mir auf dem großen Futon an der Wand des Wohnzimmers gemütlich zu machen.

„Wo sind denn deine ganzen Sachen?", fragte ich, um eine Unterhaltung in Gang zu bringen. Als er sich schließlich neben mir auf dem zu kurzen Sofateil niederließ, war mir das fast schon unangenehm.

Er klopfte auf den Sitz neben sich, und der Terrier sprang ebenfalls herauf.

Dann zuckte er mit den Achseln, ohne im mindesten durch meine Frage verlegen zu werden. „Ich habe das meiste verkauft, bevor ich in den Osten gezogen bin, und hatte bisher noch nicht die Zeit, den Rest auszupacken."

Das ergab Sinn. Er war über Kalifornien nach Maine gekommen und soweit ich wusste, hatte er hier keine Familie. Warum irgendjemand scharf darauf sein konnte, das sonnige Kalifornien gegen eine Kleinstadt in Maine tauschen zu wollen, werde ich wohl nie verstehen – aber jedenfalls war ich froh, dass er hier war.

Der kleine Hund rannte glücklich im Kreis herum und sprang von Charles Schoß auf meinen, immer vor und zurück. Das arme Ding vermisste ganz offensichtlich die regelmäßige Aufmerksamkeit, die er brauchte.

„Wenn du so beschäftigt bist – warum hast du dann einen Hund? Das ist doch auch ihm gegenüber nicht fair." Ich wollte nicht anklagend klingen, wusste jedoch sehr genau von Octocat, dass Tiere es hassten, den ganzen Tag allein zu sein, während ihre Besitzer ihr Leben sonst wo führten. Kein Wunder, dass der Kleine im selben Moment, als Charles nach Hause kam, auf den Boden pinkelte.

„Nun, ich habe ihn noch nicht so lange", erklärte er mit einem Stirnrunzeln. „Und bevor du weiter redest … ich weiß auch, dass ich keine Zeit habe für einen Hund. Darum geht es ja. Die Geschichte ist etwas lang, und deshalb habe ich dich gebeten mitzukommen."

Jetzt hatte mich natürlich die Neugier gepackt. Aber zuerst musste ich noch etwas klarstellen: „Du hast mich nicht gerade gebeten. Du hast mich gezwungen!"

Sein attraktives Gesicht verzog sich entschuldigend. „Tut mir leid. Wirklich – ganz ehrlich. Es ist nur so, dass ich nicht wusste, wie ich dich sonst dazu hätte bringen können mitzukommen. Und ich bin hier ein wenig verzweifelt." Zumindest schien er jetzt den Anstand zu haben, sich zu entschuldigen.

Ich nickte, obwohl ich noch keine Ahnung hatte, wovon er eigentlich sprach. Offensichtlich hatte *er* ebenfalls noch nicht verstanden, dass ich ihm überallhin gefolgt wäre, hätte er mich nur nett dazu aufgefordert.

Charles streichelte den grauen, silberglänzenden Rücken des Hündchens und begann mit seiner Geschichte. „Das ist Yo-Yo. Er gehört mir gar nicht, sondern ist mir zugelaufen."

Sofort schaltete mein Gehirn in den ‚Reparatur-Modus'. „Wie lang ist das her? Hast du einmal beim Tierheim angerufen? Ich bin sicher, irgendjemand vermisst ihn sehr und hofft auf seine Rückkehr."

Er schüttelte den Kopf, räusperte sich, schaute von mir zu Yo-Yo und meinte: „Nein. So einfach ist es nicht. Seine Besitzer sind tot."

Ich rückte ein wenig von ihm ab. „Wie bitte? Wie kannst du das denn überhaupt wissen, von einem Hund, den du zufällig gefunden hast?"

„Weil ich seine Adresse hier habe". Er zeigte auf das Halsband des Yorkies. „Und dass seine Besitzer tot sind, weiß ich sicher, weil ich die Person verteidige, die wegen Mordes an ihnen angeklagt ist."

Nun – jetzt war alles klarer. Ich sprang auf die Füße und war den Tränen nahe. „Ach nein, nicht doch. Ich will mich hier nicht als Richterin aufspielen, aber das hört sich alles völlig falsch an. Was glaubst du denn, damit zu erreichen, indem du diesen armen Hund als Geisel nimmst?"

Charles stand inzwischen auch und hielt Terrier mit einem Arm an seine Brust gedrückt. Den anderen streckte er nach mir aus, aber ich trat rasch zurück, bevor der Kontakt zustande kam. Das Letzte, was ich mir jetzt erlauben konnte, war, dass mich auch noch meine unzuverlässigen Hormone übermannten.

„Mein Klient hat Yo-Yos Besitzer nicht ermordet. Er ist unschuldig." Seine Augen bettelten mich an, ihm zu glauben.

„Ja, natürlich – das kennen wir ja. Aber weißt du was? Meistens sind sie es eben doch nicht." Ich überlegte einen Moment, ob ich mir das Hündchen einfach schnappen und mit ihm flüchten sollte. Dieser arme kleine Kerl. Zuerst werden seine Besitzer umgebracht, und dann landete er auch noch ausgerechnet bei dem Mann, der den Mörder verteidigt!

„Nein, so ist es wirklich nicht", wiederholte Charles mit Überzeugung. „*Ich weiß* mit Sicherheit, dass er es nicht war, aber alle Fakten sprechen nun einmal gegen ihn. Sieht nicht gut aus. Wie schon erwähnt, ich bin ziemlich verzweifelt. Als ich dann sah, wie du mit deiner Katze geredet hast, hatte ich einfach die Hoffnung, du könntest mir helfen, einen unschuldigen Mann vor dem Gefängnis zu retten. Und vielleicht auch noch dazu beitragen, den ehemaligen Herrchen von Yo-Yo zu Gerechtigkeit zu verhelfen."

Ich wollte zunächst meine besondere Begabung verleugnen und sagte mir, dass ich ihm unter keinen Umständen helfen könnte. Aber Charles sah so leidend aus, und exakt in dem Moment sah mich auch noch Yo-Yo mit seinen kleinen, süßen Kulleraugen direkt an ...

„*Also dann, von mir aus!*", rief ich und sank zurück auf den Futon. „Schauen wir mal, was ich überhaupt machen kann".

Erleichterung machte sich auf Charles' Gesicht breit, als er sich erneut neben mir niederließ. „Ich danke dir. Du bist mein Lebensretter!"

„Na ja – wie man es nimmt. Bis jetzt habe ich ja noch gar nichts getan", murmelte ich. Die ganze Situation gefiel mir partout nicht.

„Die Tatsache, dass du bereit bist, es zumindest zu versuchen, zählt schon sehr viel." Und auf einmal war da etwas zwischen ihm und mir, zumindest für den Bruchteil einer Sekunde.

Liebe?

Begehren?

Oder dieses spezielle Verhältnis zwischen Erpresser und der erpressten Person?

Ich konnte es mir nicht erklären.

Er stand wieder auf und setzte Yo-Yo auf den Futon neben mich. Sofort sprang der Hund auf meinen Schoß und begann, mir das Gesicht zu lecken, während er wie wild mit dem Schwanz wedelte.

„Hey, Kleiner", sagte ich und wusste nicht recht, wie ich mich verhalten sollte. Das einzige Tier, mit dem ich mich jemals unterhalten hatte, war Octocat, und da war es der Kater gewesen, der damit anfing. Dies hier jetzt mit dem Hund fühlte sich einfach verrückt an, unnatürlich, und im Vergleich auch unangenehm. Dennoch, ich musste es einfach versuchen, um Charles und seinem Klienten zu helfen. Und natürlich auch für Yo-Yo.

„Ich habe gehört, du hast deine Herrchen verloren. Kannst du mir sagen, was da passiert ist?", fragte ich ihn mit eindringlicher Stimme.

Der Yorkie fuhr fort, mein Gesicht zu lecken, ohne ein Anzeichen dafür, dass er mich verstand.

Deshalb nahm ich ihn hoch, setzte ihn auf den Boden und wollte sehen, ob ihm das half, sich zu konzentrieren.

„Was ist mit deinen Besitzern passiert?", fragte ich noch einmal. „Wurden sie ermordet?"

Er jedoch jaulte nur glücklich auf und sprang zurück neben mich auf den Futon. Anscheinend fand er, das wäre jetzt der richtige Moment, meine Hand in seinem schlabberigen Speichel zu baden.

„Was hat er gesagt?", fragte Charles neugierig. Seine Erwartungen machten diese ganze Aktion nicht einfacher. Ich habe es immer gehasst, Leuten nicht helfen zu können. Ja, selbst dann, wenn sie mich dafür erpressen mussten, schätze ich.

„Er hat gebellt", sagte ich deshalb nur.

„Schon klar – aber was hatte es zu bedeuten?"

„Ich habe keinen blassen Schimmer", erwiderte ich ehrlich.

Sein Gesicht zeigte deutlich seine Enttäuschung. „Aber ich dachte, du könntest mit Tieren sprechen?"

„Ich rede mit meiner Katze – aber das war es auch schon."

„Und wieso klappt das bei ihm nicht?" Das war die Hunderttausend-Dollar-Frage. Ich hatte längst aufgehört, mich selbst für verrückt zu erklären wegen meiner Begabung, mit Octocat kommunizieren zu können. Bis heute war mir allerdings nicht klar, warum das so war und wie weit diese Fähigkeit reichen könnte.

Also hob ich die Handflächen und zuckte hilflos mit den Schultern. „Ich habe keine Ahnung, aber ich versuche es wirklich."

„Streng dich noch mehr an", trieb er mich an. „Es ist wirklich sehr, sehr wichtig."

„Ich versuche es doch", murmelte ich verbissen und wendete mich dann mit meiner freundlichsten Miene wieder Yo-Yo zu.

„Hey, du kleiner Kerl, wenn du mit mir reden würdest, wäre das eine große Hilfe. Vielleicht fängst du einfach damit an, mir zu erzählen, was du wirklich von dem Typen hältst, mit dem du jetzt hier lebst?"

Ich hob meinen Daumen in die Richtung von Charles und zog eine Grimasse, worauf Yo-Yo sich einen Zipfel meines Pullovers schnappte und daran zu zerren begann.

„Hey, stopp!", schrie ich, aber er zog danach nur noch fester. Als ich es schließlich schaffte, mich loszureißen, war der Pulli so gut wie hinüber. Ich sprang auf die Füße, um zu verhindern, dass er noch mehr Teile von mir zerstören konnte, bevor wir hier fertig waren.

„Was hat er denn jetzt gesagt?", fragte Charles, und Hoffnung glomm in seinen dunklen Augen auf.

„Er meinte, du hast das falsche Mädchen mitgebracht", antwortete ich. „Und dass er meinen Pulli zwar mochte, aber trotzdem der Meinung ist, dass man ihn lieber schreddern sollte."

Charles war jetzt auch zum Scherzen zumute. „Genau wie seine Herrchen, was?"

Okay, jetzt fühlte ich mich schlecht, aber ich konnte ja nichts dafür, dass das mit der Konversation mit dem Yorkie nicht funktionierte. Ich hatte es wirklich ernsthaft versucht. Wir mussten irgendwie anders weiterkommen.

„Ich habe keine Ahnung, was oder ob er überhaupt etwas gesagt hat", erklärte ich Charles, in der Hoffnung, dass er mir diesmal glaubte. „Ich schätze mal, dass ich eben nicht mit Hunden reden kann."

„Aber mit Katzen schon?"

Wieder zuckte ich unverbindlich mit den Schultern, aber er interpretierte das anscheinend als Zustimmung.

„Großartig", erwiderte er, durchwühlte die Schubladen einer alten Kommode und zog eine lange, schwarze Leine heraus. „Komm Yo-Yo, wir machen einen Spaziergang", lockte er ihn mit hoher Stimme.

Für einen kurzen Moment vergaß ich meine Irritation, aber wirklich nur kurz.

„Du willst jetzt mit ihm Gassi gehen? Ich jedenfalls muss zurück zum Büro", sagte ich auf dem Weg zur Tür. „Setz mich unterwegs ab, wenn du mit dem Hund woanders hinwillst."

„Tut mir leid – aber so geht das nicht", meinte Charles. Inzwischen rannte der Yorkie schon aufgeregt bellend durchs Apartment, um seine Begeisterung zu zeigen. „Du musst

mit uns kommen."

Ich kreuzte die Arme und blickte beide argwöhnisch an. „Wieso das denn?"

„Weil wir nämlich jetzt zu dir nach Hause gehen und mit deiner Katze reden", erklärte er, nahm Yo-Yo auf den Arm und klickte die Leine ein.

Zu *mir nach Hause*? Na großartig. Octocat würde das ganz sicher nicht gefallen.

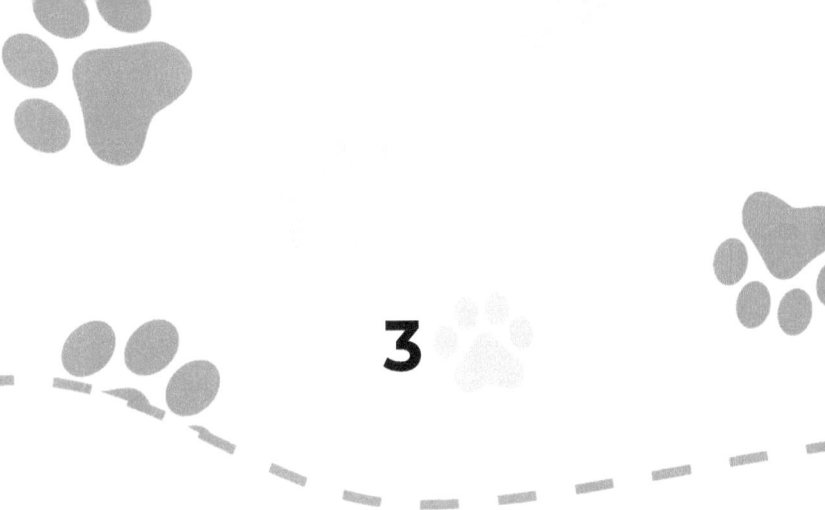

# 3

**E**s waren weniger als zwei Meilen zwischen Charles' Wohnblock und meiner Mietwohnung, was bedeutete, dass wir Ruck–Zuck dort ankamen.

Ich öffnete die Tür und fand Octocat mit einem entzückten Ausdruck im Gesicht auf mich wartend vor.

„Endlich!", rief er. Ich bin ja so durstig!" Allerdings schlug seine Stimmung rasch in Empörung um, als Yo-Yo ins Haus stürmte und ihm einen großen, dicken, feuchten Kuss auf die Nase drückte.

Charles zog die Leine zurück und nahm den Hund vorsichtshalber auf den Arm.

Octocat schüttelte sich wütend, während ihm etwas Speichel über sein Kinn und auf den Teppich tropfte. „Wie kannst du mir das antun? Habe ich heute etwa nicht schon genug gelitten? Zuerst eine Fliege, und jetzt noch ein ... ein *Hund*?" Er spuckte das letzte Wort aus, als wäre es das schrecklichste Fluchwort, das er kannte.

„Was sagt er?", wollte Charles interessiert wissen.

„Er ist wütend auf mich", gab ich zu. „Und auch alles andere als glücklich über Yo-Yos Auftauchen."

Octocat krümmte den Rücken und fauchte. „Das kannst du laut sagen", zischte er, bevor er auf den Küchentisch sprang.

„Warte mal eine Minute", flüsterte ich Charles zu, bevor ich mich zu meinem verärgerten Kater in die Küche begab.

Dieser setzte gerade zu einem gewaltigen Sprung auf die Arbeitsplatte an, wo er mit dem Schwanz wild hin und her wedelte. „Einfach unglaublich", schimpfte er weiter, ohne mich eines Blickes zu würdigen.

Ich wusste ja, dass das mein Fehler war, konnte mich aber auch schlecht den Wünschen von Charles widersetzen. Wenn irgendjemand anderes von meinen Fähigkeiten, mit Katzen zu sprechen, erfuhr, würde ich womöglich meinen Job verlieren. Außerdem würden mich alle verspotten und das konnte so weit führen, dass ich sogar das einzige

Zuhause, das ich je kannte, aufgeben müsste, um irgendwo anders mit einem sauberen Ruf neu zu beginnen.

Von daher konnte ich nur hoffen, dass Octocat, nachdem ich eine Chance hatte, ihm die Lage zu erklären, auch Verständnis dafür aufbringen würde. Aber zuerst einmal musste ich einen Weg finden, um Charles zufriedenzustellen. Danach wäre hoffentlich die Schlinge um meinen Hals verschwunden und mein getigerter Freund durfte mich von mir aus wieder mit den üblichen Sachen terrorisieren.

Ich schnappte mir eine frische Flasche Evian und holte eine neue Porzellantasse aus dem Schrank. Die Tasse stammte aus dem Set, das wir von seinem verstorbenen Frauchen Ethel geerbt hatten und wurde ausschließlich dafür benutzt, Octocat seine täglichen Getränke zu reichen. Nachdem er sein frisches Wasser hatte, entfernte ich schnell noch die tote Fliege.

Er sprang mit einem Satz vom Tisch und entfernte sich in Richtung meines Schlafzimmers, ohne auch nur ein Wort des Dankes.

„Gern geschehen!", rief ich ihm deshalb stirnrunzelnd hinterher. Heute konnte ich es anscheinend niemandem recht machen.

„Und was jetzt?", fragte Charles, während er sich

nach unten beugte, um Yo-Yo das Halsband und die Leine abzunehmen.

„Nein, warte noch", rief ich, aber es war schon wieder zu spät. Der Yorkie rannte bellend sofort in mein Schlafzimmer. Als Reaktion drang eine Kakofonie aus Knurren, Zischen und Fauchen durch die ganze Wohnung. Eine Sekunde später erschien Octocat mit einem Schwanz, der so aufgebläht war, dass man ihn für einen Waschbären hätte halten können.

„*Ich hasse dich!*", schrie er und raste, von dem Terrier verfolgt, durch die Zimmer.

„Nun halte den Hund doch auf!", schrie ich Charles an, der einen Satz machte, um den wild gewordenen Kleinen einzufangen, freilich völlig umsonst.

„Hey, Yo-Yo!", lockte ich, als wir alle wieder zurück in die Küche rannten. „Lust auf ein Leckerli?"

Der Yorkie stoppte sofort und trottete hinter mir her, während er ein paar fröhliche Kläffer von sich gab. Aus dem Kühlschrank griff ich mir eine Scheibe Fleisch, die ich ihm als Leckerbissen hinhielt.

„Nun, das war ja ein Erlebnis für sich", sagte Charles mit einem erschöpften Lächeln.

„Ich an deiner Stelle würde nicht lachen",

erklärte ich ihm. „Jetzt wird es ewig dauern, bis meine Katze mir wieder vergibt."

Er blickte mich nur völlig verständnislos an.

„Wenn er das nämlich nicht tut, wird er mir auch nicht helfen. Weißt du überhaupt irgendwas über Katzen?", grummelte ich, ohne daran zu denken, dass ich selbst ein paar Monate vorher auch nichts über sie gewusst hatte.

Er sah ordentlich gequält aus, ließ den Kopf hängen und stöhnte lauf auf. „Tut mir leid. Was sollen wir denn jetzt machen?"

„*Wir* machen jetzt erst einmal gar nichts. *Du* gehst jetzt mit Yo-Yo vor die Tür und *ich* werde meinen Kater wohl auf Knien anflehen müssen, wieder mit mir zu reden."

Charles begann zu lächeln, aber hörte schnell wieder auf damit, als er erkannte, wie ernst es mir war.

„Na gut. Komm, Yo-Yo!", rief er, während er den kleinen Hund zur Tür zog.

„Und kommt ja nicht zurück, bevor ich dir Bescheid gebe und dir sage, dass die Luft wieder rein ist!", rief ich ihm hinterher.

„Darauf kannst du lange warten", zischte mir Octocat zu. „Das wird in diesem Leben nichts mehr."

Keine Ahnung, aus welcher Ecke er sich jetzt wieder hervorwagte. „Wieso hast du mir das nur angetan?"

Ich versuchte zu erklären: „Tut mir doch furchtbar leid. Ich konnte nicht anders. Charles hat mich gezwungen."

Daraufhin wackelte er mit dem Schwanz, der schon fast wieder seine normale Größe erreicht hatte. „Du hast mich also wegen eines hübschen Gesichts einfach verkauft?", schrie er mich an. „Ich dachte, wir wären Freunde! Ich glaubte, wir seien eine Familie!"

Mein Herz zog sich zusammen. Normalerweise trafen mich seine dramatischen Allüren nicht wirklich, aber bei dieser Rüge war es anders. Das hatte ich nun davon, dass ich meinem Kater von meiner heimlichen Liebe im Büro erzählt hatte. Wenigstens war er inzwischen geübt darin, die Menschen auseinanderzuhalten. Bei vier von fünf Versuchen gelang es ihm, das Geschlecht richtig zu bestimmen. Klar, um mir zu helfen, einen Mörder zu identifizieren, würde es nicht reichen. Aber wenn es darum ging, zu erkennen, auf wen ich ein Auge geworfen hatte, schien das kein Problem zu sein.

„Es war keine Absicht", wiederholte ich. „Er hat uns beobachtet, als wir über FaceTime miteinander gesprochen haben", sagte ich nochmal. „Dann hat er mich gezwungen, ihm zu helfen. Ich wollte das ganz bestimmt nicht."

Octocat war immer noch sauer. „Also hat er dich benutzt! *Lüg doch einfach!* Mal ganz im Ernst, Angela: Wie schräg ist das denn?"

Er benutzte selten meinen Namen – und sogar noch seltener meinen Geburtsnamen. Schon daran konnte ich erkennen, dass ich in ernsthaften Schwierigkeiten steckte. Irgendjemand würde bestimmt morgen in seinen Schuhen Kotze entdecken – und ich hatte so eine Ahnung, dass ich diese Person sein würde.

„Schau", sagte ich in einem Versuch, vernünftig mit ihm zu reden: „Egal ob du das alles anders gemacht hättest – jetzt sind die Dinge nun mal so. Charles möchte, dass wir mit deiner Hilfe mit diesem Hund reden, um herauszufinden, wer seine Besitzer getötet hat. Er muss so viel wie möglich über den Mord in Erfahrung bringen, damit er jemanden verteidigen kann, der zu Unrecht als ihr Mörder angeklagt wurde.

Octocat nickte, behielt jedoch seinen kalten, abweisenden Blick bei. Er hatte in letzter Zeit eine Menge Wiederholungen der Serie *Law and Order* angeschaut, angeblich, um meinen Job besser zu verstehen. Und das kam uns jetzt wohl zugute.

Offenbar hatte er schon genug aufgeschnappt, um das Rechtswesen zumindest in Grundzügen zu durchschauen. Er begann, Verständnis für die Situation zu zeigen – und das freute mich natürlich.

„Also gut, in Ordnung", lenkte er nach einer kurzen Denkpause ein. „Aber warum hast du nicht einfach selbst mit dem Köter geredet? Wieso musstest du mich in diesen Zirkus hineinziehen?"

„Weil es nicht anders ging", jammerte ich und hoffte, dass er mir einmal im Leben einfach glauben würde. „Ich konnte Yo-Yo nicht verstehen, und umgekehrt war es wohl auch nicht anders."

„Nochmal – warum hast du nicht einfach gelogen? Um Gottes willen, Angie, lass dir was einfallen, damit wir unser ruhiges Leben weiterleben können."

Es war ein Trost zu wissen, dass meine Katze keine Probleme damit hatte zu lügen, um sich herauszuhalten. Mir fiel das nicht so leicht. Außerdem hatte ich ja bereits versucht, Charles etwas vorzumachen, leider vergeblich.

Zu dem Zeitpunkt machte ich mir ernsthafte Sorgen über die Folgen der unerlaubten Verlängerung meiner Mittagspause. Wie viel Zeit war wohl schon vergangen? Waren die Kollegen und Thompson nicht längst wieder im Büro und hatten mein Fehlen bemerkt?

„Ich werde ihn nicht anlügen", sagte ich bestimmt und wählte damit den ehrenhaften Weg. „Schon gar nicht bei einer solchen Anklage. Was, wenn sein Klient wirklich unschuldig ist und für den Rest seines Lebens ins Gefängnis muss, nur weil ich gelogen habe? Das könnte ich mir nicht verzeihen. Nein – kommt nicht infrage."

Octocat stöhnte und verdrehte die Augen, eine menschliche Geste, die er mir abgeschaut hatte. „Also was? Du brauchst mich zum Übersetzen, weil du die Hundesprache nicht beherrscht?"

„Ja, bitte, bitte." Ich schlug meine Hände zusammen. Mir war es egal, wenn ich mich erniedrigen musste. Octocat sah mich nur zu gern zu Kreuze kriechen.

Er nahm selbstbewusst Haltung an und bedachte mich mit einem hochnäsigen Blick. Dadurch fing er an zu schielen, sodass ich an mich halten musste, um nicht zu lachen. „Du musst wissen, dass die Hundesprache viel einfacher ist als die von uns Katzen. Ihre primitiven Gehirne können nicht anders. Nachdem du *mich* verstehst, solltest du eigentlich erst recht mit dem Dödel da draußen zurechtkommen."

„Du bist also bereit zu helfen?", hakte ich nach, innerlich betend, dass er verstand, wie wichtig das für mich war.

„Na gut, ich helfe dir", knurrte er großmütig, „aber dann bist du mir etwas schuldig. Und zwar etwas richtig Großes!"

Ich rannte zur Tür, um Charles und Yo-Yo hereinzulassen, bevor mein Kater es sich wieder anders überlegen konnte. „Halte ihn diesmal fest an der Leine", befahl ich Charles noch, als wir über die Schwelle zurück in die Wohnung gingen. „Noch besser wäre es, du nimmst ihn auf den Schoß."

Charles setzte sich auf meine Wohnzimmercouch und tat wie geheißen. „Und jetzt?", fragte er, als ich mich ebenfalls auf meinem Sessel niederließ.

„Also zuerst einmal versprichst du mir, dass du niemandem etwas von dem erzählst, was jetzt hier passiert."

Eifrig nickte er mit dem Kopf und stimmte freudig zu. „Kein Problem. Ich verspreche es."

Ich erwiderte sein Nicken. „Gut. Und jetzt denke daran, dass ich nicht wissen kann, ob das hier überhaupt funktioniert – aber das werden wir ja bald herausfinden."

Er wurde ganz still und sah mich durchdringend an. Ich hatte sogar das Gefühl, dass er sich ein wenig vor Octocat fürchtete. Geschah ihm ganz recht.

Ich drehte mich zu meinem Kater um und bat

ihn: „Könntest du jetzt bitte Yo-Yo fragen, was mit seinen Besitzern passiert ist?"

Octocat sprang auf den Kaffeetisch und sah den Hund auf Charles Schoß direkt an, bevor er die Frage weitergab.

Yo-Yo gab ein freundliches, kurzes Bellen von sich und begann zu hecheln. Mein Kater übersetzte das wie folgt: „Er meint, seine Besitzer wären die nettesten Menschen der Welt. Der Typ, mit dem er jetzt zusammen sei, wäre auch nicht verkehrt – aber trotzdem vermisst er seine Leute und will heim."

„Das hat er wirklich alles gesagt?" Octocat hatte mindestens zehnmal so lange für die Übersetzung gebraucht als der Hund gesprochen hatte.

„Habe ich dir doch schon erklärt", meinte Octocat, während er sich kurz die Zeit nahm, seine Pfote zu lecken. „Die Hundesprache ist einfach unglaublich simpel. Wirklich gesagt hat er nur so etwas wie: gut, vermisse –; den Rest muss man sich eben zusammenreimen, um überhaupt zu begreifen, was sie sagen wollen. Und das ist extrem anstrengend."

„Was reden sie denn?" Charles beugte sich vor und war natürlich gespannt.

„*Psst*" Octocat und ich zischten ihn gleichzeitig an, um ihn zu ermahnen, still zu sein. Also ließ er sich zurück auf die Couch fallen und beobachtete uns nur ungläubig und voller Zweifel.

Ich wandte mich wieder an meinen Kater und fuhr fort: „Könntest du ihn bitte fragen, ob er dabei war, als seine Besitzer ermordet wurden?"

Als er die Frage weitergab, fing Yo-Yo an, schrille Schreie auszustoßen und wollte sich von Charles' Schoß losreißen.

„O mein Gott, was war das denn?", rief ich zur gleichen Zeit wie Charles fragte: „Was zum Henker ist jetzt passiert?"

Ich schaute Octocat an und wartete auf eine Erklärung.

Die Augen des Katers wurden groß, als er uns einweihte: „Er sagt, seine Besitzer seien nicht tot und wer auch immer das behauptet, erlaube sich einen ganz üblen Scherz mit ihm."

Es sah ganz danach aus, als könnte Charles von Yo-Yo keine Hilfe für die Verteidigung seines Klienten erwarten. Eher konnte man glauben, dass der kleine Hund selbst zu Tode kommen würde, wenn wir ihn weiter befragten. Wie sollten wir an irgendwelche nützlichen Infos kommen, wenn er nicht einmal von den Morden wusste?

Eins war jedenfalls klar: Ich war nicht gewillt, das Herz dieses süßen kleinen Hündchens zu brechen.

# 4

ch sah hilflos zu, wie Charles sich mit beiden Händen ratlos durchs Haar fuhr.

„Jetzt weiß ich auch nicht mehr weiter", gab er mir mit einem tiefen Seufzer zu verstehen. „Ich war mir so sicher, dass dich das Schicksal geschickt hätte, um zu helfen, diesen Fall zu lösen."

Ich lehnte mich nach vorne und legte ihm mitfühlend eine Hand auf sein Knie. Mehr von ihm konnte ich nicht erreichen, aber dieser kleine Kontakt genügte bereits, um mir einen Stromstoß durch den Körper zu jagen. „Vielleicht gibt es ja noch andere Möglichkeiten zu helfen. Zum Beispiel ist da noch eines, das ich nicht verstanden habe."

Er hob den Kopf, um mich anzusehen. Auf seiner

Stirn bildeten sich Falten, als er darauf wartete, was ich sagen wollte.

Ich hustete, um den Hals freizubekommen. „Ich meine, wenn du so sicher bist, dass dein Mandant unschuldig ist, warum brauchst du dann den Hund der Opfer, um seine Unschuld zu beweisen?"

Schon wieder fuhr er sich mit einer Hand durchs Haar, wobei der Geruch von Seife und Kiefernadel-Haarwasser zu mir herüberwehte.

„Weil ihn alle anderen bereits vorverurteilt haben."

„Außer dir natürlich", sagte ich leise.

Er seufzte. „So sieht es wohl aus."

„Okay, also lass uns das noch einmal durchgehen. Erzähl mir mehr über den Mordfall und vor allem darüber, warum die anderen sich so sicher sind, dass dein Klient schuldig ist? Außerdem möchte ich natürlich wissen, wie du zu dem Hund gekommen bist."

Octocat machte es sich auf dem Stuhl neben mir bequem. „In der Tat. Das würde mich auch interessieren."

Wir warteten beide, bis mein Kollege sich aufraffen konnte, uns die Geschichte zu erzählen.

„Wenn er jetzt anfängt mit *Es war eine kalte, stür-*

*mische Nacht ...,* fang ich an, mich zu übergeben",
meinte Octocat noch und gähnte ausgiebig.

„Sei doch mal still!", wies ich das ungeduldige Fell-
bündel an meiner Seite an und warf Charles einen
entschuldigenden Blick zu. „Tut mir leid. Bitte, erzähl."

Der hob den Kopf und sah uns beide prüfend an.
„Was hat der Kater gesagt?"

„Das willst du gar nicht wissen", stotterte ich.
Dabei strich ich Octocat etwas kräftiger übers Fell als
es ihm gefiel, aber er verstand meine stille Warnung.

Charles' Blick ruhte weiter auf Octocat, als er
begann, von dem Verbrechen zu berichten.

„Die Opfer – ihre Namen waren Bill und Ruth
Hayes – hatten ihr Haus zum Verkauf angeboten. Sie
hatten bereits ein neues Heim gefunden und mussten
nun das alte schnell loswerden. Deshalb war geplant,
möglichst vielen interessierten Käufern eine Besichtigung in kurzer Zeit zu ermöglichen, und sie veran-
stalteten einen großen „Tag der offenen Tür". Der
Preis war gut, die Lage ebenfalls, sodass mindestens
zwölf Paare sich das Haus schon angesehen hatten,
als schließlich eines davon die Leichen der Besitzer
im Schlafzimmerschrank im Obergeschoss fand."

Ich ließ mir das erst einmal durch den Kopf
gehen. „Okay. Viele Leute bedeutet viele mögliche

Verdächtige. Warum hat man dann nur deinem Klienten die Sache angehängt?"

„Die Jungs, die den Tatort sicherten, fanden heraus, dass die Hayes schon gut zehn Stunden tot waren, bevor sie an diesem Morgen entdeckt wurden. Und der Hammer, mit dem sie erschlagen wurden, gehörte meinem Klienten. Außer seiner Schwester war er der Einzige mit Zugang zum Haus und er kannte auch den Code, um die Alarmanlage auszuschalten." Charles blickte grimmig drein, während er die Details erzählte. Je mehr er verriet, desto bekannter klang das plötzlich für mich. Ich hatte zwar in der Kanzlei nicht viel davon gehört, aber aus anderer Quelle …

„Warte mal – ist das nicht der Fall Brock Calhoun? Der war doch überall in den Medien?" Ich war mir nicht sicher, ob Charles darüber im Bilde war, dass meine Mutter die Haupt-Nachrichtensprecherin unseres lokalen Senders war. Vielleicht war sie auch nicht ganz unschuldig daran, dass die Leute sich schon ihr Urteil über den Mörder gebildet hatten? Jedenfalls beschloss ich, ihn nicht mit der Nase darauf zu stoßen, sonst hätte er mich bestimmt nicht helfen lassen. Und Hilfe brauchte er nun einmal, soviel war klar.

Er nickte. „Er und seine Schwester waren für den

Verkauf des Hauses engagiert worden. Und irgendjemand hat seinen Hammer benutzt, um die beiden Hayes brutal zu erschlagen."

„Autsch. Das sieht wirklich nicht gut aus für deinen Klienten", stieß ich durch die Zähne hervor und blickte auf Yo-Yo, der auf dem Boden vor seinen Füßen schlummerte. Gott sei Dank konnte er unserer Unterhaltung jetzt nicht folgen. Niemand möchte sich vorstellen, dass geliebte Menschen so ein grausames Ende finden, und dieser spezielle Yorkie schien mit einer solch erschütternden Sache am wenigsten umgehen zu können.

Charles blickte ebenfalls auf ihn hinunter, bevor er mich wieder ansah. „Wie ich schon sagte, praktisch jeder ist der Meinung, er wäre schuldig, und jetzt übt auch noch die Gemeinde Druck aus. Er soll so schnell wie möglich zu einer harten Strafe verurteilt werden."

Ich bemühte mich, neutral zu bleiben: „Und wieso glaubst du so fest an seine Unschuld?"

„Zunächst einmal beruht die Beweislage ausschließlich auf Indizien. Dazu kommt, dass er in seiner Schulzeit viele Nachbarn verärgert hat. Sie mögen ihn bis heute nicht. Und dann ..." Er rang mit sich, überlegte, ob er den Satz überhaupt beenden sollte.

„Raus damit. Du kannst es mir ruhig sagen", ermunterte ich ihn mit einem beruhigenden Lächeln.

Er zuckte mit den Schultern. „Nun – der Rest ist mein Bauchgefühl. Wenn ich mit ihm rede, weiß ich einfach, dass er mich nicht anlügt."

Ich drückte noch einmal sein Knie, und grinste ihn an. „Ist Intuition etwas, das man inzwischen an der juristischen Fakultät lehrt?"

Mein Spaß wollte ihm kein Lächeln entlocken, und auch an Octocat war die Pointe vorbeigegangen: „Sollte das jetzt lustig sein? Wir müssen dir wohl mal ein Witzebuch kaufen."

Charles wirkte deprimiert. „Ich weiß, dass ich neu in der Stadt bin. Aber es wäre doch verrückt, wenn dieses pubertäre Verhalten von vor gut zehn Jahren diesen Mann jetzt noch Kopf und Kragen kosten würde. Und wenn er noch so oft seine Kumpels verprügelt hat – gewiss kein Ruhmesblatt, aber auch kein Kapitalverbrechen."

Ich nickte. Brock war mir auf der Schule ein Jahr voraus gewesen und ja, er war ein Idiot. Doch genau wie Charles konnte auch ich ihn mir nicht als Mörder vorstellen.

„Du hast gesagt, die Hayes wurden mit einem Hammer erschlagen, stimmt's? Das hört sich für mich sehr nach einem Verbrechen aufgrund von

Hass an, also nach einem persönlichen Motiv. Welchen Grund konnte Brock denn gehabt haben, sie so erbarmungslos und brutal zu töten?"

Charles dachte wohl das Gleiche. „Genau darauf zielt meine Verteidigung ab. Bisher weiß niemand von einem Motiv. Selbst wenn wir ihm unterstellen, dass er die Gelegenheit zu diesem Verbrechen hatte, ergibt es einfach keinen Sinn. Warum sollte er so was tun?"

„Und bei der Polizei hilft auch niemand?" Ich erinnerte mich an mein Zusammentreffen mit dem Polizisten Bouchard und seinem Kollegen vor ein paar Monaten. Sie hatten, ohne zu zögern, mein Leben gerettet. Konnten dieselben Menschen einfach wegsehen, wenn Brock sie dringend brauchte?"

Er lachte bitter auf. „Wenn es nur das wäre. Nachdem sie ihn verhaftet hatten, haben sie sich nicht mehr um ihn gekümmert. Das ist wirklich schwer zu verdauen. Wie kann das Justizsystem funktionieren, wenn die Polizei ihren Job nicht macht?"

„Ja, ja, ja …", mischte Octocat sich wieder ein und meinte mit einem verständnisvollen Klopfen seines Schwanzes: „Er lässt immer noch einen wichtigen Teil aus. Wie kam es denn nun, dass er diesen verdammten Köter bei sich aufnahm?"

„Wie passt Yo-Yo nun in die Geschichte? Wieso ist er bei dir?", übersetzte ich für Charles, während ich fortfuhr, den Kater beruhigend zu streicheln.

„Das ist der verrückte Teil. Er wurde seit dem Tag der Besichtigungen vermisst. Jeder nahm an, er wäre weggelaufen. Aber als ich etliche Tage später durch die Straßen der Nachbarschaft fuhr und nach irgendwelchen Hinweisen suchte, stand er friedlich auf der Veranda und wartete darauf, eingelassen zu werden."

Okay, das war seltsam, erklärte aber nicht, warum er ihn die ganze Zeit behalten hatte. „Und du dachtest, es wäre am besten, ihn zu stehlen?"

Etwas zu schnell fing er an, sich zu verteidigen, aber ich nahm ihm das nicht ab. „Nein, nein. Natürlich nicht."

„Und warum ist er dann immer noch bei dir?"

„Es war schon ziemlich spät an dem Tag und bereits dunkel. Deshalb entschied ich mich, ihn erst am nächsten Morgen ins Tierheim zu bringen. Leider erhielt ich schon sehr früh einen Anruf von Thompson, der wollte, dass ich direkt ins Büro komme, um mich schnellstens um diesen Fall zu kümmern. Also beschloss ich, die Sache mit Yo-Yo erst nach der Arbeit zu erledigen."

Dagegen konnte ich nichts sagen. Immerhin war Thompson ja auch mein Chef und ich wusste nur zu gut, wie anspruchsvoll er sein konnte. „Lass mich raten: Am Abend war es dann wieder zu spät?"

Charles nickte wieder heftig und zustimmend. „Genau so war es. Und je länger er bei mir blieb, desto mehr gewöhnten wir uns aneinander. Damit wurde es für mich auch emotional immer schwieriger, ihn einfach im Tierheim abzugeben. Das verstehst du doch? Ganz nebenbei hätte ich auch erklären müssen, warum ich jetzt erst mit ihm komme."

„Nun, er war ja nicht die ganze Zeit bei dir. Nur etwas weniger als eine Woche. Wo also steckte er vorher?"

„Überhaupt ist das ein völlig falscher Ansatz, sich einen Hund zuzulegen", warf Octocat mit einem verächtlichen Schnauben ein. „Ich schätze mal, Angela, du musst aufhören diesen Kerl so anzuhimmeln. Am Schluss landest du noch bei einem Hundebesitzer. Nicht auszudenken ..."

Ich wurde rot und mir war das alles furchtbar peinlich, aber dann fiel mir wieder ein, dass Charles unsere Unterhaltung ja nicht verstehen konnte. Was für ein Glück!

„Alles in Ordnung?", erkundigte der sich deshalb auch prompt. Seine Augen wanderten von mir zu Octocat und zurück.

In diesem Moment erwachte Yo-Yo von seinem Nickerchen. Nachdem er den Kater ein paar Schritte entfernt entdeckte, fing er wieder an, wie verrückt zu bellen, ganz so, als hätte er nie damit aufgehört.

„Na, ist der nicht reizend?" Octocat wurde wieder sauer und suchte bei mir sichere Deckung. „Ich mag diesen Hund nicht. Und das gilt ebenso für deinen Freund."

„Er ist nicht mein Freund", verbesserte ich ihn schneller als ich nachdenken konnte.

Jetzt war Charles an der Reihe zu erröten. Das wurde ja immer besser ...

„Würdest du bitte aufhören, mich vor ihm zu blamieren?", zischte ich meinem Kater zu.

Der jedoch lachte nur – ohne sich zu entschuldigen oder irgendetwas zurückzunehmen.

„Egal", meinte Charles und versuchte den Terrier zu beruhigen. „Meinst du, du könntest helfen bei ..." Mehr konnte ich nicht verstehen, weil Octocat gerade zu einer nervigen Hetzrede ansetzte.

„Charles" ist als Name für den Kerl bei Weitem zu vornehm", stellte er klar. „Das klingt eher nach einem Katzenliebhaber. Und ein solcher hätte mich nie und nimmer mit dem Köter gequält, so wie er es tat."

„Behalte deine Kommentare bitte für dich", bat

ich ihn und wandte meine Aufmerksamkeit wieder meinem Besucher zu.

„Ich werde ihm einen neuen Namen geben. Einen, der besser zu ihm passt."

„Großartig. Mach das und verrate es mir später", murmelte ich meinem Kater zu. "Tut mir leid. Würdest du das nochmals wiederholen?"

„Sicher. Ich hoffe immer noch, dass du mir helfen kannst bei ..."

„Mal sehen. Was wären denn gute Spitznamen für Charles? Charlie, Karlchen? Vielleicht auch eher Karli, der Kotzbrocken ... haha. Schließlich hätte ich fast kotzen müssen wegen ihm und seinem Hund!"

Ich hatte es fast geschafft, Octocat zum Schweigen zu bringen – da fing er wieder an zu brüllen: „Ja! Das ist es! Kotzkarli! Das ist es! Kotzkarli, Kotzkarli ... Ja klar! Kotzkarli passt doch perfekt." Er konnte sich gar nicht mehr beruhigen vor lauter Schadenfreude und wiederholte es so laut und oft, wie seine kleinen Lungen das erlaubten und wollte gar nicht mehr aufhören mit seiner gemeinen Tirade. Gut nur, dass Charles ihn nicht verstand, aber der merkte natürlich trotzdem, dass irgendetwas im Busche war. „Was sollte das denn nun wieder? Ich habe noch nie erlebt, dass eine Katze so lange miaut?"

„*Es ist weiter nichts* – er fragt sich nur, ob du vielleicht einen Spitznamen hast, mit dem wir dich anreden könnten", verteidigte ich meinen Kater. Aber so ganz falsch war meine Erklärung ja nun auch wieder nicht. Wenn ich die Wahrheit etwas verbog, konnte ich zumindest verhindern, dass Charles Gefühle verletzt wurden.

Schließlich lächelte dieser dann doch wieder. „Sicher. Mein Großvater war Charles. Mein Vater dann Charlie. Und als ich als Dritter dazukam, nannten sie mich Karli. Wenn du willst, kannst du das gerne auch tun, aber nur, wenn wir nicht im Büro sind. Ich meine, wenn dir das lieber ist."

Natürlich würden sie ihn Karli rufen, war ja klar.

Octocat dagegen machte sich fast in die (nicht vorhandene) Hose vor lauter Lachen.

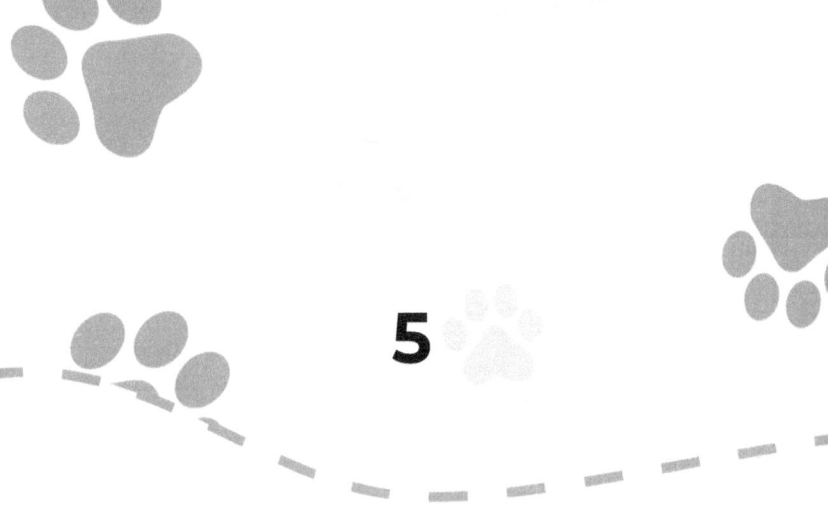

**5**

**O**bwohl wir unterwegs noch ein paar Mal anhalten mussten, schafften Charles – nein, ich konnte ihn nicht Karli nennen – und ich es gerade noch rechtzeitig zurück ins Büro, bevor die anderen wieder zur Arbeit erschienen.

Mein Kollege verschwand für den Rest des Tages in seinem Büro, während ich ein paar Akten von früheren Fällen durchging, die vielleicht hier für seinen Fall auch relevant sein konnten. Vermutlich hatte er das aber auch schon getan. Inzwischen griff er ja nach jedem Strohhalm, einschließlich mir und meiner sprechenden Katze. Aber es fühlte sich trotzdem gut an zu wissen, dass ich etwas tat, um ihm bei seinem Prozess zu helfen.

Gegen Ende des Tages kam die Post, um den üblichen Stapel an Korrespondenz, Rechnungen und sogar Werbung abzuliefern. Nachdem ich alles aussortiert und die Werbung weggeworfen hatte, machte ich meine Runde, um die Briefe persönlich abzugeben.

Charles stöhnte, als ich ihm seine in das Büro brachte, das er sich mit Derek teilte. Zuvor hatte ein anderer Partner namens Brad an seinem Schreibtisch gesessen, aber den hatte man vor Monaten wegen seiner ständigen Weibergeschichten gefeuert.

„Vermutlich noch mehr Drohbriefe?", sagte Charles, als er die Absender der Umschläge überflog. „Na toll. Jetzt kommen die schon direkt aus Misty Harbor."

„Drohbriefe? Du machst Scherze." Ich setzte mich auf Dereks leeren Schreibtisch. Der hatte offenbar nach dem langen Mittagessen auch gleich noch einen frühen Feierabend angehängt. Wie auch immer, ich war dankbar, mit Charles allein zu sein. Ja – wegen der Sache von heute Morgen war ich ihm natürlich nicht mehr böse. Die Erpressung war vergessen. Vielleicht sollte ich meine Entscheidungen nicht so leichtfertig treffen. Und schon gar nicht so schnell wieder ändern, aber es war mir eben nicht möglich, auf jemanden, der eh am Boden lag, noch weiter einzuschlagen.

„Schön wäre es", begann er und riss den obersten Umschlag auf, um das Schreiben herauszunehmen. Seine Augen überflogen die Zeilen und er reichte den Brief an mich weiter. „So ähnlich sind alle, die zurzeit reinkommen."

Der kurze Brief war in der Schriftart Serif gehalten und natürlich anonym. *Du solltest dich schämen* war die wesentliche Botschaft, aber darüber hinaus beinhaltete er auch Drohungen, dafür zu sorgen, dass Charles seine Lizenz als zugelassener Anwalt verlieren würde.

„Das kann doch nicht wahr sein", sagte ich, während ich den Kopf schüttelte und ihm das Blatt zurückgab. „Diese Leute sind verrückt."

„Wenn der Hass auf mich schon so groß ist, kannst du dir vorstellen, wie schlimm es für Brock sein muss." Er knüllte das Papier zusammen, und warf es in den Abfall.

Ich begann zu verstehen, warum er diesem Klienten unbedingt helfen wollte. So hatte ich meine Leute im Städtchen – und auch im Umkreis – noch nie erlebt. Erst einmal war es zu einer ähnlichen Szene gekommen. Damals traf es einen beliebten Footballspieler, der an Jugendliche Drogen verkauft hatte und erwischt wurde. Er verlor so ziemlich alles – den Platz auf dem College sowieso, und auch seine Titel wurden ihm nachträglich aberkannt.

Und damals ging es „nur" um Drogen.

Jetzt redeten wir über Mord, und die Dinge sahen definitiv nicht gut aus für Brock. Kleine Städte vergessen und verzeihen nichts, was bedeutete, dass selbst bei einem Freispruch sein Ruf für immer angeschlagen sein würde und er vermutlich die Region verlassen musste, um anderswo neu anzufangen.

Armer Kerl. Zumindest, wenn er es wirklich nicht gewesen war.

„Es kommt noch dicker", sagte Charles. „Gerade habe ich erfahren, dass die lokale Nachrichtenstation heute eine Sondersendung ausstrahlt zu dem Thema: *Brock Calhoun – ein Mörder in unserer Mitte.*"

Uff – man konnte meiner Mutter so etwas ohne weiteres zutrauen. Sie war immer auf der Suche nach Sensationen.

„Vielleicht kann ich dagegen etwas tun", meinte ich mit einer entschuldigenden Geste.

Aufgeregt drehte Charles sich zu mir um. „Na klar. Warum habe ich nicht zwei und zwei zusammengezählt? Dieser Sportreporter – Roman Russo – und du ... ihr seid verwandt, nicht wahr?"

„Ja", gab ich nun zu. „Das ist mein Vater. Und Laura Lee ist meine Mutter."

Sofort änderte sich seine Miene und er wurde abweisend. Normalerweise war meine Mutter sehr beliebt in Glendale, und überhaupt in unserer Region Blueberry Bay. Na ja, jedenfalls bei denen, die nicht gerade im Fokus ihrer journalistischen Aufklärungsarbeit standen.

Die meisten Leute brachten sie auch gar nicht mit uns in Verbindung, weil sie in der Öffentlichkeit absichtlich ihren Mädchennamen benutzte. Manchmal half es, Großmutters Connections zum Showgeschäft nutzen zu können. Es könnte ihrem Bekanntheitsgrad nur steigern, meinte sie zum Beispiel, wenn man sich schon mit einem berühmten Namen vorstellte.

Mit dieser Strategie hatte Mutter seit meiner Geburt tatsächlich schon einige Sprossen auf der Karriereleiter sehr erfolgreich zurückgelegt. In letzter Zeit langweilte sie sich aber wohl über den lokalen Tratsch, aus dem unsere Nachrichten in Glendale nun einmal zum großen Teil bestanden. Ich hatte zwar seit Wochen nicht mehr mit ihr gesprochen, war mir aber ziemlich sicher, dass sie in der Story um Brock Calhoun die Gelegenheit witterte, auch einmal auf nationaler Ebene groß herauszukommen. Schließlich konnte das auch einen besseren Job für sie und Vater nach sich ziehen.

„Lass mich mal mit ihr reden", sagte ich mit einem Seufzer. „Vielleicht hört sie ja auf mich und hält sich etwas zurück."

„Besser wäre, sie würde sich ganz raushalten!", stöhnte Charles.

Ich nickte. „Schon gut. Ich werde jedenfalls versuchen, sie noch vor der Sendung heute Abend umzustimmen. Keine Ahnung, ob ich da eine Chance habe, aber den Versuch ist es sicherlich wert."

„Danke." Charles setzte wieder seine nachdenkliche Miene auf und begann, Schriftstücke auf dem Schreibtisch zu sortieren. Offenbar war ich vorerst gnädig entlassen.

Schon halb durch die Tür rief er mich nochmal zurück. „Angie?"

„*Ja?*" Ich drehte mich um, angenehm überrascht über das breite Lächeln, das er mir nun schenkte.

„Danke nochmal. Ganz ehrlich. Mir ist klar, dass ich dich hier nicht ganz freiwillig mit hineingezogen habe, aber ich bin wirklich froh über deine Hilfsbereitschaft."

„Schon in Ordnung. Kein Problem", versicherte ich ihm und grinste nun ebenfalls. Jawohl – dieses ganze Ding mit der Erpressung von heute Morgen war endgültig vom Tisch.

Er widmete sich wieder seinem Schriftkram und

ich kehrte an meinen eigenen Platz in der Nähe des Eingangs zum Büro zurück. Sowie ich dort war, schrieb ich eine SMS an meine Mutter:

*SOS. Wir müssen reden. So bald wie möglich. Angie.*

Normalerweise zog ich es vor, in kompletten Sätzen mit Satzzeichen zu kommunizieren,

aber es ist ja bekannt, dass man mehr Aufmerksamkeit erreicht, wenn man Abkürzungen verwendet. Und völlig richtig – kaum hatte ich die Nachricht abgeschickt, kam auch schon eine Antwort.

*„Was ist los?"* Im Anhang fand sich ein Emoji, dessen Kopf explodierte und noch ein weiterer, der wohl einen Außerirdischen darstellen sollte. So richtig verstand ich nicht, was das mit meiner Nachricht zu tun hatte. Vielleicht war meine Mutter ja trotz ihres fortgeschrittenen Alters besser mit dem heutigen „Jugendsprech" vertraut, als ich jemals sein würde?

Jetzt galt es, sich zu konzentrieren, bevor ich meine nächste Nachricht schrieb. Ihre Aufmerksamkeit hatte ich immerhin, aber das wollte noch lange nicht heißen, dass ich sie auch umstimmen konnte. *Du musst die für heute Abend geplante Sendung über Brock Calhoun absagen!*

Es dauerte nicht einmal eine Minute, und meine

Mutter war am Telefon. Ihre Stimme klang etwas panisch: „Wieso verlangst du das von mir? Dieser Report ist einer der Besten, den ich je verfasst habe." Und schon befand ich mich in Verteidigungsstellung ...

Ich rieb mir den Nasenrücken, während ich loslegte, was aber auch nicht half, die aufkommende Migräne zu verhindern. „Das bezweifele ich ja nicht, Mama, aber er war doch noch nicht einmal vor Gericht. Es ist einfach unfair, die Leute jetzt schon gegen ihn aufzustacheln, bevor er auch nur den Hauch einer Chance hatte, etwas zu seiner Verteidigung vorzubringen."

*Bitte versteh mich ... Bitte versteh mich ... Bitte versteh mich doch ...*

Es war schwierig, ihre Reaktion vorherzusehen. Als ich aufwuchs, hatten wir nicht diese enge Bindung, die sonst zwischen Mutter und Tochter üblich ist. Mir fehlte es zwar an nichts – auch weil sie dafür hart arbeitete –, aber es war Großmutter, der meine Gefühle gehörten. Zu ihr kam ich mit all meinen kleinen Geheimnissen, Sorgen und Nöten, wenn ich Trost brauchte. Auf Mamas Unterstützung war zwar ebenfalls Verlass, aber ihr eigenes Leben ging im Vergleich dazu einfach immer vor.

Das war wohl auch der Grund, dass ich noch

nicht so selbständig war. Damit meine ich nicht nur die Sache mit der Familienplanung, sondern auch, dass ich beruflich noch etwas in der Luft hing, was meine Pläne betraf. Ich mochte es, mir alle Optionen offenzuhalten und niemandem außer mir – und vielleicht noch meinem Kater – Rechenschaft zu schulden. Dagegen konnte ich mir gar nicht recht vorstellen, wie meine Mutter mit dem Druck zurechtkam, der unweigerlich entstand, wenn ihre beruflichen Pflichten mit den häuslichen kollidierten. Und das erst recht, wenn beides eben nicht unter einen Hut zu bringen war. Wie jetzt bei meiner Bitte.

„Wir wissen doch alle, dass er es war", flüsterte sie ins Handy. „Und außerdem habe ich gehört, dass meine Sendung mit großem Interesse im gesamten Bundesstaat und vielleicht sogar darüber hinaus erwartet wird. Das kann ich mir doch nicht entgehen lassen."

Ich holte tief Luft, bevor ich zu einer Erklärung ansetzte. „Mama, meine Firma verteidigt ihn und ich bin daher auch selbst mit dem Fall beschäftigt."

Sie brauchte eine Weile, um zu reagieren. Als sie es schließlich tat, klang sie unsicher. „Vielleicht können sie dich davon abziehen? Wir wissen doch beide, dass du deinen Job lange nicht so liebst wie ich meinen. Bitte, Angie, ich will dir nicht weh tun, aber siehst du nicht, dass es eine einmalige Gelegenheit für mich ist, aus dieser kleinbürgerlichen Nachrichtenerstattung rauszukommen?"

„Das ist mir schon klar und glaube mir, es fällt mir wirklich schwer, das von dir zu verlangen. Ich würde bestimmt nicht fragen, wenn es nicht so wichtig wäre."

„Wir haben es außerdem ja auch schon groß angekündigt", setzte sie nach und wurde mit jeder Silbe kleinlauter.

„Auch das weiß ich." Ich zermarterte mir das Hirn, um nach einer Lösung zu suchen, die für uns beide akzeptabel wäre. Schließlich kam mir eine Idee. „Ich sag dir was: Meinst du, du könntest das Ganze auf Freitag verschieben? Das würde uns Zeit verschaffen, zumindest bis dahin an dem Fall zu arbeiten, ohne das Damoklesschwert deines Berichts fürchten zu müssen. Vielleicht erhöht das ja sogar die Spannung auf deine Sendung?"

Mutter klang nicht recht überzeugt. Sie konnte nicht verbergen, dass sie sauer war. „Und was soll das bringen? Was passiert dann am Freitag? "

Ich lehnte mich aus dem Fenster, soweit es ging – war aber selbst überzeugt, dass diese Variante sowohl für sie wie auch mich gut war. Ich konnte mir meine Mutter am anderen Ende der Leitung gut vorstellen, wie sie nervös auf meinen Vorschlag wartete. Also sagte ich: „Entweder haben wir bis dahin unwiderlegbare Beweise für seine Unschuld. In diesem Fall bekommst du die exklusiven Rechte, unsere Geschichte zu veröffentlichen – oder, falls nicht, werde ich nicht weiter versuchen, dich aufzuhalten."

Das Telefon blieb für eine beängstigende Weile stumm.

Schließlich meldete sie sich doch wieder zu Wort. „Liebling, bist du dir sicher? Das scheint dich richtig mitzunehmen?"

Ich schluckte meine Bedenken hinunter. Die Zeit zählte von jetzt an und lief unbarmherzig ab. „Ja, glaub mir, es ist besser so. Und wenn irgendjemand beim Sender dir Vorwürfe macht, schick ihn zu mir."

Sie lachte und ich spürte, wie der Stress, der sich zwischen uns aufgebaut hatte, von ihr abfiel. „Kann durchaus sein, dass ich das machen werde", seufzte sie. „Ich liebe dich, Angie, und wünsche dir viel Glück bei deinen Recherchen zum Mordfall." Damit war unser Gespräch beendet.

Ja – Glück würden Charles und ich wohl brauchen. Aber auch ein ganz bestimmtes Pärchen sprechender Tiere musste sich überwinden, uns auf eine neue Spur zu führen. Andernfalls konnten wir genauso gut hier und jetzt Brocks Schuldspruch unterschreiben. Wir hatten noch keinen vernünftigen Anhaltspunkt, seine Unschuld zu beweisen.

Ich schreckte auch nicht mehr davor zurück, Octocat mit einer Portion Shrimps zu bestechen, um ihn dazu zu bringen, sich nochmal mit Yo-Yo zu unterhalten. Meine Hoffnung war, dass seine Liebe zu dem Meeresgetier größer war als seine Abneigung gegen Hunde ... Also würde ich wohl nach Feierabend noch kurz beim Supermarkt vorbeischauen müssen.

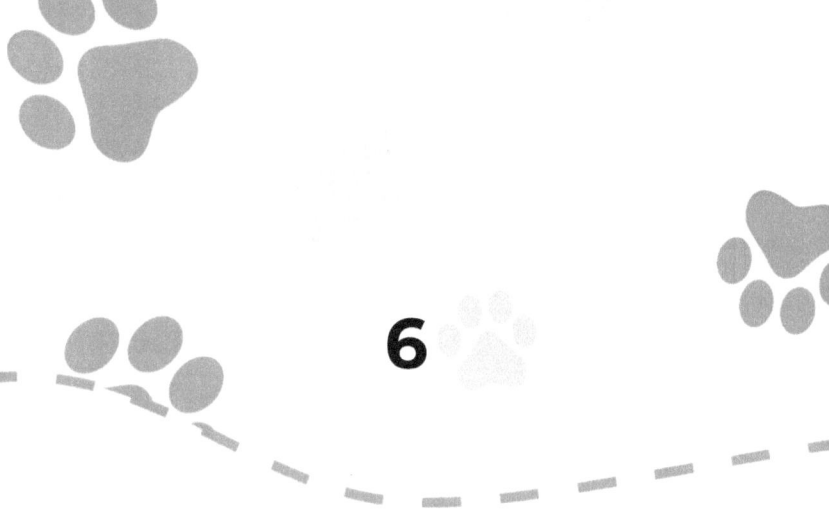

# 6

**A**m nächsten Morgen erwachte ich mit einer schlimmen Vorahnung und Schmerzen in der Brust. Das Wissen um meine Verantwortung für Brocks Schicksal machte sich real körperlich bemerkbar. Es fiel mir sogar schwer zu atmen.

Ich wollte weder ihn noch Charles im Stich lassen. Und natürlich wollte ich auch den wahren Schuldigen ausfindig machen und überführen. Nicht zuletzt auch wegen Yo-Yo, der noch immer nicht akzeptiert hatte, dass seine Besitzer tot waren.

Obwohl ich mir geschworen hatte, nie wieder vor neun Uhr im Büro zu erscheinen, blieb mir keine Wahl. Sobald ich meine Gedanken gesammelt hatte, war ich auch schon unterwegs.

Wie erwartet, war Bethany zu dem Zeitpunkt die Einzige, die schon vor mir eintraf. Ich weiß bis heute nicht, warum sie darauf bestand, jeden Tag so früh zu kommen, aber immerhin schien sie sich zu freuen, mich zu sehen, als ich an ihre Tür klopfte und kurz Hallo sagte.

Der aufdringliche, ekelerregende Duft von Zitrusfrüchten, kombiniert mit dem Aroma frisch gebrühten Kaffees, schlug mir entgegen, als ich in ihr Büro trat. Bethany selbst mochte ja in letzter Zeit etwas umgänglicher geworden sein, aber das änderte nichts an ihrem Faible für ätherische Öle. Na ja, jeder von uns hat seine kleinen Macken. Wer war ich denn, das zu verurteilen?

Und außerdem war sie in diesen Tagen so etwas wie meine persönliche Heldin.

Nachdem ich mir bei dieser blöden Kaffeemaschine einen Elektroschock durch einen Stromschlag geholt hatte, veranlasste sie eine gründliche Inspektion des Apparats. Ich hatte noch eine lange Zeit Angst vor dem Ding und sie half mir sehr, indem sie von da an die Bedienung der Maschine übernahm. Ich musste nicht einmal darum bitten – jeden Morgen bekam ich nun eine Tasse Kaffee von ihr serviert.

So kam es, dass sie zu einem meiner Lieblingskollegen aufstieg.

„Guten Morgen", sagte sie mit einem hellwachen Lächeln auf ihrem hübschen Gesicht.

Vermutlich hatte sie schon vor meinem Eintreffen zwei oder drei Käffchen intus. Anders konnte man doch noch nicht so frisch ausschauen? „Du bist ja heute früh dran."

„Allerdings", meinte ich und winkte ihr zu. „Ich will versuchen, Charles bei seinem Brock Calhoun-Fall zu unterstützen."

Bethany stand auf und ging hinüber zur Kaffeemaschine. Ich hätte sie küssen können dafür, aber übertreiben wollten wir das mit unserer Beziehung nun auch wieder nicht. Sie vermied normalerweise auch bei mir Umarmungen, ausgiebiges Händeschütteln und dergleichen. Ob das etwas damit zu tun hatte, dass ich die einzige weibliche Partnerin in unserer Firma war oder es einfach ihrer Persönlichkeit entsprach, weiß ich nicht. Wie auch immer, ich hütete mich, die Frau zu kritisieren, die mich an fünf Tagen der Woche durch Koffein am Leben hielt.

„Wenn du mich fragst", meinte sie, während sie frischen Kaffee aufbrühte, „mich hat es ja wirklich gewundert, dass Thompson so einen prominenten

Fall nicht selbst übernimmt. Ganz ehrlich – wieso überlässt er den dem Neuen?"

Das konnte ich auch nicht beantworten. „Vielleicht sind alle anderen zurzeit zu beschäftigt. Wir haben in letzter Zeit viele neue Fälle übertragen bekommen."

Sie trat ein paar Schritte näher und senkte vertraulich die Stimme: „Das mag sein, aber –sag es bitte nicht weiter: Ich selbst hätte schon noch Zeit dafür gehabt. Und auch Derek und einige andere sind nicht dermaßen überlastet, dass man da nichts hätte machen können."

„Was willst du damit sagen?"

Bethany flüsterte verschwörerisch: „Ich meine, dass er den Fall ganz bewusst Charles übertragen hat. Vielleicht will er, dass dieser ihn verliert?"

„Wie kommst du denn darauf?" Kann ja sein, dass ich physisch schon anwesend war – aber bevor ich nicht meinen ersten Schuss Koffein hatte, reichte es einfach noch nicht für scharfe Schlüsse.

„Nun, denk doch mal nach. Charles ist brandneu in der Firma. Wenn er verliert – was bei so einem unmöglichen Fall wahrscheinlich ist –, wird es Thompson leichtfallen, ihm die Schuld daran zu geben. Danach kann er ihn entlassen, und die Firma behält ihre weiße Weste."

„Du meinst wie ein Bauernopfer?" Noch während ich das aussprach, wurde mir klar, dass sie völlig recht hatte. Mit solch hinterhältigen Tricks musste man bei unserem Seniorchef durchaus rechnen.

Ihre Augen fingen an zu funkeln, während sie weitersprach „Genau. Auf die Weise kann er sicherstellen, dass unsere neue Beliebtheit sich in Aufträgen niederschlägt, ohne befürchten zu müssen, dass unser gutes Image Kratzer abbekommt wegen eines Prozesses, der kaum zu gewinnen ist …"

Das alles passte wunderbar ins Bild, aber was machte Thompson so sicher, dass sein Mitarbeiter keinen Freispruch erreichen konnte? Er warf sich dafür so ins Zeug, dass die Chance auf einen Erfolg beim Prozess durchaus gegeben war. Er konnte gewinnen. Also hakte ich nach:

„Aber was passiert, wenn er den Fall gewinnt?"

„Das wäre ja noch besser. Dann kann er sich brüsten, dass seine Kanzlei diesen schwierigen, schier unmöglichen Fall gelöst hat." Sie nahm die Tasse aus der Maschine und drückte sie mir direkt in die ausgestreckten Hände. „Wahrscheinlich erzählt er dann auch noch überall herum, dass er es war, der Charles' Talent schon auf der Uni erkannt hat. Unser Bekanntheitsgrad wird noch weiter steigen und

Thompson kann seine Rücklagen für die Rente wieder etwas aufstocken."

„Das klingt allerdings schlüssig", murmelte ich und freute mich über den ersten Schluck aus meiner Tasse.

„Nicht wahr?", stimmte Bethany mir zu und kehrte zu ihrem Schreibtisch zurück. „Ich freue mich, dass du dem armen Kerl helfen willst. Das kann er wirklich gebrauchen."

Dann quatschten wir noch ein paar Minuten über ein paar alltägliche Sachen, aber im Hintergrund ging mir das, was sie mir anvertraut hatte, nicht aus dem Kopf. Ob Charles das auch schon überlegt hatte? Wusste er, dass sein Job auf dem Spiel stand? War er deshalb so verzweifelt an einem Sieg interessiert? Oder glaubte er wirklich an Brocks Unschuld?

Wie auch immer, man spielte ihm übel mit, wenn man ihn nur deshalb geholt hatte, um ihn bei der erstbesten Gelegenheit ins offene Messer laufen zu lassen. Ich musste alles tun, um an seiner Seite zu kämpfen. Und zwar nicht nur, weil ohne ihn das Leben im Büro wieder seinen traurigen, langweiligen Trott aufnehmen würde ...

Sondern auch, weil es das einzig Richtige war.

\* \* \*

Gegen neun Uhr war dann auch der Rest der Belegschaft eingetrudelt. Ich ließ Mr. Thompson etwas Zeit zum Eingewöhnen, bevor ich an seine Tür klopfte.

„Guten Morgen, Chef", begrüßte ich ihn mit einem breiten Lächeln. „Könnte ich Sie wohl kurz sprechen?"

Mein Boss sah kurz von seinem Computerbildschirm auf und schenkte mir dann seine Aufmerksamkeit. „Nur zu. Was gibt es?" Trotzdem merkte man an seiner Stimme, dass ihm die Unterbrechung nicht wirklich passte. Aber es half ja nichts. Ich musste ihn einweihen und seine Zustimmung einholen, auch wenn er gerade nicht bester Laune zu sein schien.

„Ich würde diese Woche gerne Mr. Longfellow bei seinen Recherchen im Calhoun-Fall unterstützen." Tapfer wartete ich auf seine Reaktion. Während Mr. Fulton, unser letzter Partner, seine Mitarbeiter immer mit Vornamen angesprochen hatte, benutzte Mr. Thompson immer das förmliche Sie und den Nachnamen. Schon das sorgte für mehr Distanz zwischen uns.

Jetzt nahm er die Hände von der Tastatur und endlich hatte ich das Gefühl, dass er mich wirklich wahrnahm. „Und warum? "

Glücklicherweise hatte ich mich gründlich auf diese Frage vorbereitet: „Mr.

Longfellow macht da einen hervorragenden Job, aber die öffentliche Meinung ist gegen ihn. Um genauer zu sein, meine Mutter – sie ist ja Reporterin bei unserem Sender. Wenn sie mir erlauben, an diesem Fall mitzuwirken, wird sie sich hoffentlich mit negativen Schlagzeilen noch etwas zurückhalten. In der Zeit könnten wir noch ungestört gemeinsam an der Verteidigung arbeiten. Möglich, dass das in diesem Fall den Unterschied zwischen Sieg und Niederlage für unsere Kanzlei bedeuten könnte.“

Mein Chef studierte mich einen Moment lang, bevor er mir mit kurzem Nicken sein Einverständnis gab. „Das könnte funktionieren. Gut mitgedacht, Russo.“

„Danke sehr, Sir.“ Jetzt hatte ich es eilig, aus dem Büro zu kommen und Charles die guten Nachrichten zu überbringen.

„Aber nächste Woche machen Sie trotzdem mit Ihren normalen Aufgaben weiter!“, rief mir Thompson noch hinterher. Das störte mich schon deshalb nicht, weil ich ja meiner Mutter versprochen hatte, mich nur bis Freitag zu engagieren. Es hieß nun „entweder – oder.“

Also rannte ich zu Charles und erwischte ihn gerade noch, als er das Büro verlassen wollte.

„So früh schon Feierabend?", fragte ich ihn und schaffte es kaum, meine Aufregung darüber, ihm helfen zu dürfen, zu verbergen.

„Nicht ganz. Ich treffe mich um zehn Uhr mit einem Klienten", informierte er mich, als wir gemeinsam Richtung Ausgang gingen.

„Wenn der zufällig Brock Calhoun heißt, bin ich ebenfalls dabei."

Er sah mich fragend an, und die gleichen Fältchen wie am Vortag machten sich erneut auf seiner Stirn breit.

„Thompson hat mich diese Woche als deine Assistentin eingeteilt", erklärte ich mit einer „Daumen hoch"-Geste. „Also, dann lass uns mal gehen."

Zwar wirkte er überrascht, widersprach aber nicht, und so folgte ich ihm zu seinem Auto und ließ mich auf dem Beifahrersitz nieder.

„Nachdem du jetzt anscheinend offiziell daran mitarbeitest, werde ich dir, wenn wir zurück im Büro sind, alles zeigen, was wir bis jetzt in der Hand haben." Inzwischen waren wir auf dem Weg zum Untersuchungsgefängnis, in dem Brock einsaß. Er biss sich auf die Lippen und wirkte zögerlich. Mit dem Rasieren nahm er es momentan wohl auch nicht so genau. Ich hoffte wirklich, dass meine Hilfe nicht zu spät kam und er sich nicht alles zu sehr zu Herzen nahm.

„Was meinst du damit?", fragte ich nur und wollte eigentlich eher wissen, was ihn gerade scheinbar etwas aus der Bahn geworfen hatte.

Er warf mir einen raschen Blick zu, bevor er sich wieder auf den Verkehr konzentrierte.

„Ich muss dich warnen. Das Ganze ist ziemlich grausam. Die Fotos, meine ich jetzt. Traust du dir zu, die anzusehen? Es ist kein schöner Anblick."

„Das halte ich schon aus", gab ich zurück. In Wahrheit war ich mir dessen nicht wirklich sicher. Bis jetzt war mein Leben ziemlich unblutig verlaufen. In meinen Anfangsjahren hatte ich zwar auf dem College sogar einen medizinischen Kurs belegt, bei dem einem unter anderem beigebracht wurde, wie man Aderlässe handhabe, aber das war ja kein Vergleich. Erst vor ein paar Monaten hatte ich mit einem Fall zu tun gehabt, wo ein Killer fast eine Geisel umgebracht hätte, und das war mir ziemlich unter die Haut gegangen.

Das musste ich jetzt einfach aushalten. Für Charles, Yo-Yo, und natürlich Brock. Alle zählten auf mich.

„Vier Augen sehen mehr als zwei", erinnerte ich

Charles, wobei ich mir die schlimmsten Dinge ausmalte.

Okay, es war an der Zeit, das Thema zu wechseln, bevor ich das große Zittern bekam.

„Weshalb sehen wir Brock heute?", versuchte ich abzulenken und cool zu wirken.

„Ganz normales Anwalt-Klienten-Zeugs", antwortete er unverbindlich. „Zum Beispiel kann ich euch beide bekannt machen und ihm berichten, wie du dich bereits für die verspätete Ausstrahlung seiner Geschichte im Fernsehen starkgemacht hast. Aber wirklich Neues kann ich ihm im Moment nicht bieten."

„Warum müssen wir dann überhaupt hin? Das könnte man doch auch telefonisch erledigen?"

Er stieß einen Seufzer aus und klammerte sich an das Lenkrad. „Ich hoffe eben, dass er uns noch etwas anbieten kann. Jedes Detail kann uns bei der Verteidigung helfen."

Jetzt kam der nächste Seufzer von mir. Erst einmal war ich gespannt, welchen Eindruck der Anklagte auf mich persönlich machen und ob mir dieser helfen würde, seine Schuld einzuordnen. Aber gleichzeitig hatte ich meine Zweifel, dass ihm nach all der Zeit in Haft plötzlich noch etwas einfallen könnte, was ihn vor weiteren Wochen im Gefängnis retten könnte. Charles gegenüber musste ich meine Bedenken nicht erwähnen. Ich war mir sicher, ihm ging es auch nicht anders.

Trotzdem war ich jetzt wohl diejenige, die noch am meisten Optimismus aufbringen musste und konnte. Das war auch gut so, sonst hätten wir beide nicht einmal selbst die Chance auf ein neutrales *„Im Zweifel für den Angeklagten"*.

Als wir am Staatsgefängnis ankamen, war ich überrascht, wie klein und unscheinbar das Gebäude von außen wirkte. Vielleicht hatte ich Wachtürme, Stacheldraht und schwer bewaffnete Scharfschützen erwartet – aber die Wirklichkeit war völlig anders. Das einfache Gebäude aus Beton glich eher einem Einkaufszentrum. Keineswegs entsprach es der üblichen Vorstellung einer Haftanstalt, hinter deren Mauern fast eintausend Leute einsaßen, die schwerer Verbrechen wie Mord und Drogenbesitz angeklagt waren.

„Meinst du, du schaffst das?", vergewisserte sich Charles und lenkte sein Fahrzeug auf den Besucherparkplatz.

„Mir geht es gut, keine Bange." Mit diesen Worten löste ich mit leicht feuchten Händen den Sicherheitsgurt. „Lass es uns hinter uns bringen."

Innen entsprach der Bau dann schon eher

meinen Vorstellungen eines Hochsicherheitstraktes. Metalldetektoren, Wächter, die Zellen usw. Plötzlich fühlte ich mich auch absolut nicht mehr wohl in meiner Haut und folgte Charles wortlos zu einem der privaten Besprechungsräume, die für Treffen zwischen Anwälten und Klienten vorgesehen waren. Nach einigen Minuten brachte man Brock zu uns.

Seine Hände und Füße waren gefesselt, und die Farbe der beigen Uniform war verblichen. Sein Haar wirkte ungewaschen und ungepflegt und er sah insgesamt mutlos aus, mit dunklen Ringen unter den Augen.

Als er uns erblickte, versuchte er zumindest ein Lächeln und nickte höflich. Trotz seiner Körpergröße von mindestens einem Meter achtzig und bemerkenswerten Muskeln wirkte er irgendwie klein und gebeugt. Und dann spürte ich es – das gleiche Gefühl, weswegen ich Charles noch vor ein paar Tagen aufgezogen hatte: Schlagartig wurde mir klar, dass dieser Mann nicht hierhergehörte.

*Peng!*

Man nennt es wohl weibliche Intuition? Jedenfalls war ich mir sofort sicher, dass dieser Mann kein Mörder war.

Brock schaute mich erwartungsvoll an. Vielleicht

wartete er darauf, dass ich mich vorstellte. Sein Lächeln war zurückhaltend und höflich – so verhielt sich kein Killer.

„Hallo, Brock, mein Name ist Angie und ich bin hier, um dir zu helfen, deine Unschuld zu beweisen."

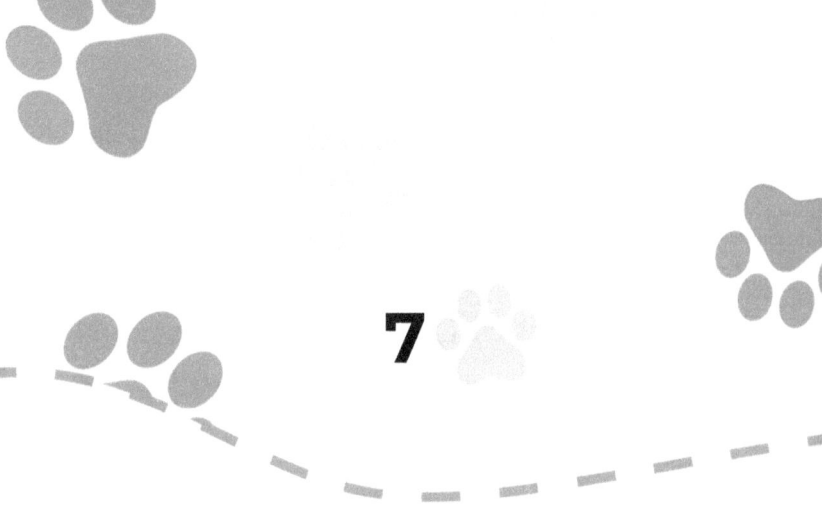

**7**

Am meisten fürchtete ich, dass Brock uns keine neuen Anhaltspunkte für seine Verteidigung liefern konnte. Vermutlich lag es einzig an Charles, den Tieren und mir, hier zu einer neuen Sichtweise und Fakten zu kommen. So oder so – wir mussten die Wahrheit herausfinden. Und langsam hatte ich Angst vor dieser Verantwortung.

Das letzte Mal, als ich mich auf eine direkte Konfrontation mit einem Mörder eingelassen hatte, hätte das fast mein Ende bedeutet. Das musste ich jetzt jedoch verdrängen, nahm mir aber schon einmal vor, einige Therapiestunden zu buchen, wenn all das hier überstanden war.

Zurück im Büro übergab mir Charles einen

dicken Ordner, der überquoll mit Berichten über den Fall. Auch die Schriften der Anklage waren dabei. Daraus war ersichtlich, weshalb man so fest an Brocks Schuld glaubte.

„Wow", sagte ich und stieß einen kleinen Pfiff aus. „Die haben ja schon wahnsinnig viel Material gegen ihn zusammengetragen."

Charles murrte und stimmte zu. „So könnte man sagen."

Die grausamen Aufnahmen vom Tatort sah ich nur kurz durch und legte sie dann gleich wieder weg. Es war offensichtlich, dass Ruth und der arme Bill keines sanften Todes gestorben waren. Die großen, karminroten Blutlachen rund um ihre Köpfe stellten meinen Magen auf eine harte Probe, Gott sei Dank erfolglos.

„Wer macht nur so etwas Schreckliches? Und noch wichtiger: warum?"

Charles kehrte kurz zu seinem eigenen Schreibtisch zurück und kam dann mit einem weiteren, jedoch sehr dünnen, Ordner wieder. „Das ist alles, was ich bisher herausfinden konnte."

„Oh." Darin fand ich Auszüge aus früheren Prozessen sowie ein paar Zeugenaussagen, die für den guten Charakter unseres Mandanten sprachen. Aber das war alles zu wenig. Die Sache sah wirklich nicht gut aus für uns. „Wer hat diese Angaben gemacht?", fragte ich und deutete auf die Zeugen-aussagen.

Er nahm mir die paar Seiten aus der Hand und gab zu jeder eine kurze Erklärung ab. Dann bekam ich die Papiere zurück. „Seine Schwester, ein paar nette Kunden seiner kleinen Firma und eine alte Freundin."

„Hast du auch schon mit Leuten gesprochen, die die Hayes kannten?"

Er schüttelte den Kopf. „Nur mit Brock und seiner Schwester."

„Was weißt du über die Zeugen der Gegenseite?" Ich schnappte mir wieder den dicken Ordner und suchte nach deren protokollierten Aussagen.

Charles schien sich nicht dafür zu interessieren. Er zuckte wieder einmal nur mit den Schultern und meinte: „Die ziehen es vor, ihre Aussage erst im Prozess zu machen."

„Na prima", grummelte ich und atmete schwer aus. Anscheinend gab es hier niemand, der fair spielen wollte. Außer meinem Kollegen natürlich, und diese Tatsache war für uns nicht gerade hilfreich.

Charles wollte wohl auf direktem Weg zum Ziel kommen. Mir dagegen war bewusst, dass manchmal ein kleiner Umweg nötig war, um überhaupt dorthin zu gelangen. „Also gut. Hör mir mal zu. Wie wäre es denn, wenn diesen Leuten gar nicht bewusst wäre, dass sie mit uns reden?" Ich konnte mir ein kleines Grinsen dabei nicht verkneifen.

Er verschränkte die Arme vor der Brust und schüttelte den Kopf. „Wie soll das gehen? Mich kennt doch jeder als Anwalt von Brock. Selbst wenn ich das wollte – es würde nicht funktionieren. Außerdem möchte ich nicht mit Tricks arbeiten. Ich will diesen Prozess mit einem klaren Freispruch für Brock gewinnen, ohne Hintertürchen. Wie es sich gehört."

„Schon gut, schon gut. Vergiss, dass ich etwas gesagt habe!", versicherte ich ihm schnell.

Die nächsten Stunden vertieften wir uns beide in die Aktenlage. Das diente auch der Vorbereitung auf das Kreuzverhör unserer Zeugen. Charles merkte nicht, dass ich mir dabei heimlich eine kleine Liste von Leuten anlegte, die ich vorhatte, außerhalb der Dienstzeit zu kontaktieren. Die kannten zwar ihn –, aber dass ich ebenfalls mitwirkte, wusste doch keiner.

Für gewöhnlich blieb ich als Anwaltsgehilfin den Klienten sowieso nicht so sehr im Gedächtnis.

Das konnte jetzt von Vorteil sein, um mehr über die Opfer zu erfahren und herauszufinden, wer ein Motiv gehabt haben könnte, sie zu töten. Ob das dann im Verfahren zur Sprache käme, hing wohl davon ab, ob ich den rauchenden Colt – oder in diesem speziellen Fall den blutigen Hammer – fand oder nicht.

* * *

„Bist du fertig, Oma?", rief ich, als ich auftauchte, um sie auf unsere kleine Erkundungstour nach Feierabend mitzuschleifen. Es war noch nicht wirklich spät, weil ich ja schon sehr früh morgens im Büro begonnen hatte und daher jetzt auch zeitiger loskam. Das verschaffte uns die Zeit, erst noch bei dem früheren Arbeitgeber von Hayes vorbeizuschauen. Vielleicht hatte der ja noch einige Hinweise oder wusste von zwielichtigen Gestalten, die sich zu der Tatzeit in der Nähe seines Büros herumgetrieben hatten. Die Hoffnung stirbt bekanntlich zuletzt?

„Alles klar", erwiderte sie in ihrem breiten Südstaaten-Akzent. „Lass uns loslegen."

Habe ich schon erwähnt, dass sie früher ein großer Broadway-Star war? Selbst heute brachte sie ihr Talent als Schauspielerin noch gelegentlich in die Gemeinde ein. Das war ein weiterer, perfekter Grund, sie dabei zu haben.

Der verstorbene Mr. Hayes war zuletzt bei einer

Firma namens Bayside Printing Company beschäftigt. Die meisten Aufträge dort betrafen den Druck von Werbematerial für viele der kleinen Unternehmen in ganz Blueberry Bay. Bei einer schnellen Suche im Internet hatte ich allerdings in Erfahrung bringen können, dass sie auch selbständigen Autoren und Verlagen bei der Veröffentlichung ihrer Bücher halfen. Damit hatten wir den perfekten Vorwand, um für ein Gespräch vorbeizuschauen.

Schon jahrelang hatte Großmutter jedem erzählt, dass sie gerne ein Buch schreiben wolle. Genauer gesagt, ihre Biografie. Sie hatte sogar schon einen Titel ausgewählt, aber das war es auch schon, denn zu Papier gebracht hatte sie noch keine einzige Zeile …

„*Vom Broadway nach Blueberry Bay* sollte es heißen. Untertitel: *Das Leben und die große Zeit der Dorothy Loretta Lee.* „Ich garantiere Ihnen jetzt schon, dass Sie bis heute nichts Populäreres gedruckt haben“, versicherte sie dem Manager, während sie seine Hände gar nicht mehr loslassen wollte.

Ich schaute mir den unscheinbaren Mann in mittleren Jahren, der uns gegenübersaß, genau an. Sein Name war Weber, und mit der bereits ausgedünnten Haarpracht und dem gut gebügelten Hemd, das perfekt in seiner Hose steckte, machte er nicht gerade den Eindruck eines Mörders auf mich. Er lächelte Großmutter mit scheinbar echtem Interesse an, während sie schon einmal ein paar teils erfundene Kostproben aus ihrer Jugendzeit im Süden zum Besten gab.

„Das klingt ja wirklich faszinierend", meinte er und versuchte sich an ihrem Dialekt.

Ich musste an mich halten, um nicht loszuprusten, als ich die beiden so reden hörte.

„Für ein konkretes Angebot müsste ich allerdings wissen, wie viele Exemplare Sie drucken lassen möchten", meinte er und machte sich dabei wichtig an seinem Keyboard zu schaffen.

„Wunderbar", erwiderte Großmutter und legte die Hände brav in den Schoß.

Immer noch lächelnd, klickte Mr. Weber auf seiner Tastatur herum und hielt nur ab und zu inne, um Fragen zu stellen, wie etwa, wie viele Seiten es werden würden, welches Format es sein sollte und ob sie cremefarbenes oder weißes Papier bevorzugte. Zum Abschluss wollte er noch wissen, ob eher ein Taschenbuch oder etwas mit festem Umschlag infrage käme.

Großmutter antwortete selbstbewusst auf alles, bis Mr. Weber offenbar zufrieden war. Ich begann schon zu glauben, dass es ihr mit diesem fiktiven Buch ernst war.

Nun, vielleicht konnte ich ihr ja später noch helfen, diesen Traum umzusetzen. Jetzt musste ich erst einmal die Gelegenheit ergreifen, unsere Untersuchung in die gewünschte Richtung zu lenken. Also hieß es, volle Konzentration aufzubringen.

"*Sagen Sie mal …*", fragte ich und zog jedes Wort in die Länge, „hat hier nicht auch der arme Bill Hayes gearbeitet, bevor er so tragisch ermordet wurde?" Damit hatte ich sofort seine volle Aufmerksamkeit. Schon bei der Erwähnung des Namens Hayes lief sein Gesicht rot an, und auf seiner Stirn bildeten sich Schweißtropfen. „Das stimmt allerdings", sagte er mit kaum verhülltem Ärger. „Niemand hat einen solchen Tod verdient, schon gar nicht Bill."

„Das tut mir ja so leid", ging auch Großmutter nun darauf ein und tätschelte tröstlich seine Hand.

Das schien seine Wirkung nicht zu verfehlen. „Bill war mein bester Angestellter. Ich war bereits entschlossen, ihm meine Nachfolge zu übertragen, weil ich nächstes Jahr in Rente gehen will", erklärte er stirnrunzelnd. „Das hat sich ja nun leider erledigt."

„So ein Jammer", sagte Großmutter und insgeheim musste ich mir gratulieren, sie mitgenommen zu haben. „Ich kann sehen, wie schwer Sie arbeiten. Nach so vielen Jahren in der Firma haben Sie den Ruhestand ehrlich verdient."

Traurig senkte er den Kopf. „Das war bei Bill genauso. Hier im Büro liebten ihn alle. Und bei den Kunden war es nicht anders. Oft kamen Klienten mit unmöglichen Vorstellungen, was die Fertigstellung ihrer Aufträge betraf. Er hat nie gezögert, freiwillig Überstunden bis in die Nacht zu schieben, um den Termin dennoch zu schaffen."

„Das klingt, als wäre er unentbehrlich gewesen für die Firma", mischte ich mich nun wieder ein, um nicht völlig von meiner Oma verdrängt zu werden.

Aber Mr. Weber hatte nur noch Augen für sie und meinte: „Ich verstehe es einfach nicht. Was hatte dieser Handwerker nur gegen Bill? Und dann sogar noch gegen seine Frau? Ich kann nur hoffen, dass man den Kerl für eine sehr, sehr lange Zeit, wegsperrt."

Mir wurde etwas mulmig, während sich Weber zu einem Lächeln zwang und uns einen Blick auf seinen Bildschirm gestattete.

„Wie auch immer", informierte er uns. „Wie Sie sehen können, müssen Sie mit Kosten zwischen 2.500 $ und 6.500 $ rechnen – je nach Größe Ihrer ersten Auflage."

Großmutter nickte zustimmend. „Was würden Sie empfeh ...?" Plötzlich hatte sie einen Hustenanfall, griff sich dramatisch ans Herz und konnte nicht weitersprechen.

Als sie sich wieder fing, fragte sie: „Verzeihung. Wäre es möglich, ein Glas Wasser zu bekommen? "

Er war schneller auf den Beinen, als ich es bei einem Mann seiner Statur für möglich gehalten hätte. „Aber selbstverständlich. Überhaupt kein Problem. Wenn Sie mich bitte kurz entschuldigen wollen. Ich bin sofort zurück."

Sowie er aus dem Büro geeilt war, fing Dorothy an, durch die Papiere auf seinem Schreibtisch zu wühlen und ein paar Fotos mit dem Handy zu schießen.

„Was machst du denn da?", flüsterte ich ihr zu.

Sie knipste weiter darauf los. „Na, was wohl – ich versuche etwas zu finden, das er uns nicht erzählt hat. Wenn er zurückkommt, frage ihn, ob du einmal die Toilette benutzen dürftest und schau dich dann im Eingangsbüro um."

Wow, meine alte Großmutter gab einen erstklassigen Privatdetektiv ab. Vielleicht sollte ich sie öfter bei mir einsetzen. Das war erst mein zweiter Fall, und beide Male war sie mir schon eine große Hilfe gewesen. Ich war nicht wählerisch und würde Hilfe annehmen, egal woher ich sie kriegen konnte, aber natürlich nur, wenn ich meine liebe Oma dabei nicht in Gefahr brachte.

Als schwere Tritte die Rückkehr des Druckereibesitzers ankündigten, konnte Großmutter gerade noch rechtzeitig ihr Mobiltelefon in die Tasche zurückgleiten lassen. Mit breitem Lächeln und einem gesäuselten „Mein Held" nahm sie das Wasserglas entgegen.

„Würden sie mich bitte auch kurz entschuldigen. Ich möchte nur kurz die Toilette benutzen."

„Einmal links, dann die zweite Tür auf der rechten Seite", erklärte Mr. Weber, ohne sich nach mir umzudrehen. Er war bereits Dorothy verfallen – wie so viele vor ihm. Mir war das nur recht. Es erleichterte meine Aufgabe beträchtlich.

„Danke sehr", brachte ich noch heraus, und dann schloss ich auch schon die Tür hinter mir. Offensichtlich war meine Großmutter ein alter Fuchs in dem Geschäft, aber ich selbst war noch nicht so clever und hatte keine Ahnung, wo und was ich suchen sollte. Allerdings konnte ich mir nicht vorstellen, dass wichtige Unterlagen wie Sicherheitskopien hier einfach so herumlagen. Überhaupt war fraglich, ob so eine kleine Firma überhaupt Sicherheitskopien erstellte. Die hätten mir natürlich am besten geholfen.

Jetzt hätte ich mir gewünscht, Octocat ebenfalls dabei zu haben. Wo ich mich unbeholfen anstellte, war mein Kater ein Meister darin, seine Nase in die Angelegenheit anderer Leute zu stecken. Ja – *Schnüffler* konnte gut sein zweiter Vorname sein. Vielleicht war das sogar der Fall; bei all seinen Namen wäre es durchaus möglich, dass mir das nur noch nicht aufgefallen war. Was seine Begabung beim Spionieren anbelangte, stellte er sogar meine Großmutter in den Schatten. Vor allem aber zeigte er keinerlei Reue bei seinen Schandtaten. Vielleicht konnte ich das auch von ihm lernen?

*Mal sehen ... Wenn ich Octocat wäre, wonach würde ich zuerst suchen?*

Ich bekam keine Chance mehr, irgendwas zu suchen, denn ich musste feststellen, dass ich nicht mehr allein war in diesem Büro. Eine schlanke, große Dame am Empfangsschalter beobachtete mich bereits erwartungsvoll.

„Kann ich Ihnen helfen?", fragte ich zögerlich. Ich konnte sie nicht gut ignorieren, ohne unhöflich zu wirken, hatte aber andererseits auch keine Ahnung, wie ich ihr hätte helfen können.

„Ist Mr. Weber im Haus?", fragte sie, während sie eine rote Haarlocke hinters Ohr schob und mich freundlich anlächelte. „Ich hatte gehofft, meine

Bestellung abholen zu können, bevor er den Laden für heute schließt."

„Oh ja, sicher doch. Ich sage ihm gleich Bescheid." Schnell ging ich zurück, damit sie nicht misstrauisch wurde.

Ich konnte nur hoffen, dass Großmutter sich bei ihm besser angestellt hatte als ich hier draußen. Oder dass vielleicht ihre Fotos etwas zeigen würden, das sich als hilfreich erwies.

Ansonsten konnten wir die Bayside-Druckerei als Informationsquelle vergessen. Vielleicht hatten wir nur unsere wertvolle Zeit verschwendet.

Morgen war bereits Mittwoch, und wir noch keinen Schritt weiter. Ob wir morgen einen Hinweis auf den wahren Mörder fänden?

Ich hoffte es schwer.

**8**

Am nächsten Morgen erzählte ich Charles von unserem kleinen Ausflug zur Drucke-rei. Zumindest hatte sich bestätigt, dass Brock in Mr. Webers Augen ebenfalls schuldig war.

„Ich ahnte schon, dass du etwas im Schilde führst. Habt ihr irgendetwas herausgefunden?", meinte er mit neugierigem Blick.

Ich weihte ihn in die kleinen Details ein, die wir in Erfahrung bringen konnten. Zum Beispiel, dass Bill in der Firma hoch angesehen und sogar für das kommende Jahr zur Beförderung vorgesehen war. Aber das war es dann auch schon. Auch auf den Fotos, die Großmutter gestern gemacht hatte, war entweder alles unscharf, oder sie zeigten nichts Brauchbares.

Gedankenverloren trommelte ich mit meinem Stift auf den Tisch und biss auf meine Unterlippe. „Bist du absolut sicher, dass keiner der Zeugen der Anklage bereit ist, vor dem Prozess mit uns zu reden?"

„Leider ja. Sie alle haben abgelehnt", winkte Charles ab. „Das heißt, eine Ausnahme gibt es doch. Eine junge Frau, die ich aber partout nicht erreiche. Ich habe es schon so oft versucht." Er trank einen Schluck von seinem Kaffee, und fügte hinzu: „Selbst, wenn ich sie erreichen würde, glaube ich nicht, dass sie in den Zeugenstand ginge."

„Oh? Und wer wäre das?" Ich rückte näher und wartete gespannt auf die Antwort. Hatte er sie nicht ernst genommen? Ich hätte mir gewünscht, er wäre früher mit dieser Info herausgerückt.

Als er dann sprach, hielt er es offensichtlich immer noch nicht für wichtig. „Michelle Hayes, die Tochter."

Sofort schlug mein Herz schneller. Konnte Michelle unser dringend benötigtes Mosaiksteinchen sein?

„Werde nicht gleich aufgeregt", warnte er sofort. „Ich sage dir doch, man erreicht sie einfach nicht."

„Soll das etwa heißen, dass man diesen Fall einfach nicht lösen kann? Hast du schon aufgegeben?", zog ich ihn auf und schenkte ihm ein verächtliches Grinsen. Auf einmal kam mir ein furchtbarer Gedanke. „Du glaubst doch nicht, dass sie etwas mit dem Verbrechen zu tun hat und deshalb untergetaucht ist?"

„Auf gar keinen Fall. Sie hat ihre Eltern geliebt, und umgekehrt war das genauso. Die Hayes haben große finanzielle Opfer gebracht, um sie auf ein privates College schicken zu können. Fast an jedem Wochenende wurde sie zu Hause gesehen, obwohl ihre Schule beinahe drei Autostunden entfernt liegt."

„Hast du nicht gerade gesagt, du hättest sie nicht erreicht?", forschte ich nach. Für meinen Geschmack hatte er Michelle etwas zu übereifrig verteidigt. War es möglich, dass er mir etwas verheimlichen wollte? Und, falls ja, was konnte der Grund dafür sein?

Aber Charles blieb ungerührt bei meiner Frage, nahm den Kaffee wieder fest in die Hände und sagte nur: „Die Info stammt aus der Polizeiakte."

„Hast du ihre Nummer da?", fragte ich und griff schon nach dem Telefon. Derek hatte sich diese Woche großzügig dazu bereit erklärt, die Arbeitsplätze zu tauschen, damit Charles und ich effektiver zusammenarbeiten konnten, solange ich am Fall Brock dran war. Das war eine große Hilfe.

Charles riss mir den Hörer aus der Hand. „Es ist

noch bei Weitem zu früh, um eine neunzehnjährige Studentin anzurufen. Glaubst du ernsthaft, sie wäre freundlich bereit, mit uns zu plaudern, wenn du sie aus dem Bett schmeißt?"

Mir gefiel sein Ton zwar nicht, aber ich sah sofort ein, dass er recht hatte. „Also gut. Dann eben später."

„Was meinst du – ob wir es heute nochmal mit den Tieren versuchen können?" Jetzt hatte er den gleichen Hundeblick drauf, wie ich ihn bei unserer ersten Begegnung bei Yo-Yo gesehen hatte.

„Sicher. Warum nicht?", fand ich. „Irgendwie müssen wir ja vorwärtskommen." Trotzdem nahm mir vor, in einem unbeobachteten Moment Michelle anzurufen.

„Prima. Dann lass uns gehen", meinte Charles mit einem Aufatmen.

„Nicht so schnell", rief ich hinterher. Er hatte schon den Mantel in der Hand und war halb aus dem Zimmer. Wenn das kein Arbeitseinsatz war.

Mein Ruf zeigte Wirkung. „Was ist denn noch?"

„Zuallererst brauchen wir einen guten Plan." Ich kehrte zum Stuhl zurück und schlug eine jungfräuliche Seite meines gelben Notizblocks auf. Notgedrungen setzte auch er sich wieder, begann jedoch, nervös mit den Beinen zu wippen.

Als ich sicher war, dass er mir wieder zuhörte,

fuhr ich fort. „Wir müssen die Tiere genau so behandeln wie unsere menschlichen Zeugen. Bei Yo-Yo sogar noch mit besonderem Mitgefühl. Du hast ja erlebt, wie verletzlich er reagiert hat. Durch die letzte Befragung müssen wir davon ausgehen, dass er traumatisiert ist, selbst durch diese kleinste Erwähnung des Mordes an seinen Besitzern. Noch einmal können wir das nicht mit ihm machen – sonst weigert er sich womöglich für immer, unsere Fragen zu beantworten. Sowieso kann es sein, dass er bleibende gesundheitliche Schäden davonträgt, wenn wir ihn zu sehr aufregen."

Darüber dachte Charles kurz nach und hörte endlich auf, mit den Beinen zu wippen. „Was meinst du? Ob er den Mord beobachtet hat?"

„Möglich wäre das auf alle Fälle."

„Das würde auch seine harsche Reaktion auf unsere Fragen erklären. Er könnte es gesehen haben und die Erinnerung jetzt verdrängen, um sich selbst zu schützen", stimmte er nickend zu.

„So in etwa stelle ich mir das auch vor." Ich hatte schon fast den Stift wieder an den Lippen, hielt jedoch inne, bevor ich anfangen konnte, darauf herumzukauen. Das war keine schöne Angewohnheit. Sie zeigte einfach, dass auch ich nervös war. Charles musste das nicht mitkriegen ...

Aber glücklicherweise schien er nicht darauf zu achten. „Also, was können wir tun, damit er diese Erinnerungen rechtzeitig wieder zulässt, um Brock zu retten?"

„Gar nichts. Aber vielleicht ist das auch nicht nötig." Damit legte ich endgültig den Stift zurück, um mich selbst von weiteren Kauversuchen abzuhalten. „Ich meine, Yo-Yo kann uns sogar ohne diese Erinnerungen helfen. Wer kennt den Menschen besser als sein Hund? Er hat jahrelang bei den Hayes gelebt, kennt alles im Umfeld und weiß genau, ob sich kurz vor deren Tod etwas verändert hat."

„Ziemlich clever", stimmte Charles mir zu, und mein Herz machte aufgrund des Kompliments einen kleinen Sprung. „Willst du die Befragung übernehmen?"

„Das wird wohl das Beste sein." Es musste ja einen Grund geben, warum ausgerechnet ich mit Katzen reden konnte. Als Octocat mithilfe meiner Begabung den Mord an Ethel melden und klären konnte, dachte ich noch an eine Ausnahme. Nun aber sah es so aus, als würde es zu meiner Bestimmung, mit Hilfe von flauschigen Tierchen der Gerechtigkeit zum Sieg zu verhelfen.

\* \* \*

Ein paar Stunden später waren wir gut vorbereitet und hatten eine Liste mit Fragen und Anforderungen erstellt. Sogar Rollenspiele hatten wir hinter uns, um bei dem Gespräch mit Yo-Yo nichts falsch zu machen. Es gab nur noch eine Unbekannte in unserer Rechnung: Octocat.

Seine Stimmungsschwankungen konnte man im Voraus nicht abschätzen. Wir mussten einfach hoffen, dass er einen guten Tag hatte und zur Mitarbeit bereit war. Außerdem war es mir peinlich, Charles gegenüber zuzugeben, dass mein eigenes Haustier mich jeden Tag aufs Neue demütigte. Also beschlossen wir, es darauf ankommen zu lassen. Wir würden einfach hinfahren und ihn geradeheraus fragen, ob er bereit war zu helfen.

Oh, mir war klar, dass er einen Weg finden würde, sich an mir zu rächen. Aber etwas Katzenkotze oder eine Schramme – verursacht durch ein paar Krallen – würde ich in Kauf nehmen. Zumindest, wenn es half, einen unschuldigen Mann vor einem Leben im Gefängnis zu bewahren und einen unschuldigen, kleinen Terrier zu schützen.

Unterwegs hielten wir bei den Cliffside-Apartments an, um Yo-Yo aufzulesen; dann fuhren wir noch zum Zoogeschäft und erstanden eine nagelneue Leine mit Geschirr für Octocat. Leider hatten sie in der passenden Größe nur ein grell neongrünes Teil mit fluoreszierendem Knochenmuster.

Vermutlich würde das bereits seinen Widerstand herausfordern, aber wir hatten schlichtweg keine Zeit, um die Stadt nach passenderen Modellen abzugrasen, nur um die Eitelkeit meines Katers zu befriedigen.

Genau wie erwartet protestierte Octocat, als ich ihm seine neue, glänzende Ausgehuniform anlegte. „Nur um das mal festzuhalten: Du willst nicht nur, dass ich mich wieder mit dem blöden Köter abgebe, während du Kotzkarli schöne Augen machst? Nein, du erwartest auch noch von mir, dass ich diese lächerliche Montur trage? *Madame, ich bin eine Katze* – und nicht so ein gewöhnlicher, dummer Hund mit Mundgeruch."

Ich setzte mich zu ihm auf den Boden und überkreuzte die Beine. Dann versuchte ich mich an dem treuesten Hundeblick, den Menschen zustande bringen können. „*Bitte*. Es ist ja nur für ein paar Minuten. Und ich würde dich bestimmt nicht so anbetteln, wenn es nicht wirklich wichtig wäre."

Er klopfte mit dem Schwanz auf den Boden. „Also ist das hier eine Bitte? Die ich ablehnen kann? Na gut. Dann sage ich *Nein*."

Ich gab Charles das vereinbarte Signal für diesen

Fall. Schließlich hatten wir nichts anderes erwartet. Gespannt sah ich zu, wie er seine Hände in ein paar dicke Topflappen steckte und sich auf Zehenspitzen Octocat von hinten näherte.

„Ich möchte nur, dass du weißt, ich wünschte, es hätte nicht so weit kommen müssen", sagte ich noch zu meinem wütenden, pelzigen Feind.

Octocats Augen wurden groß, als er verstand, dass ich ihn verraten hatte. Zur gleichen Zeit rief ich *Jetzt!*

Ein furioser Schrei hallte durch die Wohnung, als Charles den Kater gegen seinen Willen einfing und festhielt.

„Lass gefälligst deine schmutzigen Finger von mir, Kotzkarli", brüllte er und versuchte, ihn mit den Krallen zu erwischen. „Ich werde dich Respekt lehren!"

„*Psst*", sagte ich in einem vergeblichen Versuch, ihn zu beruhigen und steckte seine Beine durch die Schlaufen des Geschirrs. „Denk daran – du tust das für mich, um den Mörder zu finden, der Yo-Yos Besitzer getötet hat. Und danach hast du einen Wunsch frei, egal was es ist, ich schwöre es. Sei also nicht so stur und hilf uns lieber. Wir brauchen dich. Vielleicht weißt du ja noch, dass ich vor nicht allzu langer Zeit mein Leben riskiert habe, um dir zu helfen, damit Ethels Tod gesühnt werden konnte."

Bei diesen Worten schien er endlich einzulenken. Der Kampf des kleinen Wollknäuels war vorbei. Heftig schnaufend meinte er nur noch: „Na gut", und ließ zu, dass ich den Gurt unter seinem Bauch schloss.

Charles setzte ihn vorsichtig auf den Boden, und Octocat machte einige tapsige Schritte. Vom Kämpfen stand sein Fell nach allen Seiten ab. Er zuckte krampfartig und blieb in Verteidigungshaltung.

„Vergiss nicht, dass du mir jetzt etwas wirklich Großes schuldest", schrie er in meine Richtung. „Den größten Gefallen, den du je jemandem in deinen sieben Leben getan hast!"

Ich stimmte erneut zu, schon um diese Diskussion zu Ende zu bringen, und bereitete mich auf den nächsten Wutanfall vor. Das konnte hier alles noch schiefgehen, wenn wir uns nicht geschickt verhielten. „Keine Sorge. Du kannst dich auf mich verlassen. Was immer du willst."

Octocat fing an, wie ein Verrückter zu kichern. Mir schwante nichts Gutes, und ich bekam Gänsehaut.

„Was sollte das denn nun wieder?", fragte ich mit unsicherer Stimme.

„Oh, das siehst du schon noch. Hab nur Geduld. Habt alle Geduld." Er drohte Charles mit der Pfote, und das schien ebenfalls nichts Gutes zu bedeuten. Aber darum wollten wir uns später kümmern. Wenn ich recht darüber nachdachte – es konnte auch nichts schaden, dem Kater später die Fernbedienung für den TV wegzunehmen, um ihn künftig etwas Disziplin zu lehren. Aber jetzt mussten wir endlich weiterkommen, bevor er seine Zusage zurückzog.

„Nichts wie raus hier", sagte ich deshalb und beugte mich hinunter, um die Leine an seinem neuen Geschirr festzumachen.

„Völlig unnötig", schimpfte er. „Wieso glaubst du, ich könnte wegrennen? Noch bin ich freiwillig bei dir. Obwohl du mir das wirklich nicht leicht machst."

„Es geht auch mehr um deine Sicherheit anstatt darum, dich festzuhalten."

Obwohl Octocat jetzt wohl ehrlich zur Kooperation bereit war, veränderte sich sein Verhalten, sobald er die erste Pfote auf die Straße setzte. Solange er im Haus war, kannte ich ihn als intellektuellen Stänkerer, der ungefragt ständig an mir herummäkelte. Einmal draußen im Freien wurde er höchst aufgeregt und unberechenbar wie ein Kleinkind. Er konnte urplötzlich hinter einem Schmetterling herrennen, bevor ihm auffiel, dass wir an der Jagd nicht teilnahmen.

Jawohl, so sehr er mich manchmal auch ärgerte, im Grunde liebte ich ihn und wollte ihn nie mehr hergeben.

Sein Pech war, dass das jetzt bedeutete, dass er dieses Gurtzeug tragen musste.

Ich hoffte nur, dass ich ihm seinen großen Wunsch erfüllen konnte, ohne gegen ein Gesetz zu verstoßen. Und natürlich musste ich auch körperlich dazu in der Lage sein. Bei dem Kerlchen wusste man ja nie, was er ausheckte. Genau das machte das Zusammenleben mit ihm ja so reizvoll.

Und dann waren da noch Tage wie heute ...

Ich wusste einfach – das Schlimmste ihn Bezug auf ihn lag noch vor uns.

Flugs schnappte ich mir eine warme, langärmelige Jacke aus dem Schrank, nahm einen tiefen Atemzug und führte unsere bunt zusammengewürfelte Truppe zu Charles' wartendem Auto.

Es war Zeit für Phase zwei unseres Plans.

# 9

Weniger als zehn Minuten später kamen wir in der alten Nachbarschaft des Ehepaars Hayes an. Yo-Yo erkannte die altbekannten Straßen und Gerüche als Erster. Er bellte, wimmerte und winselte, noch bevor wir einen Parkplatz finden konnten.

„Was sagt er denn?", fragte ich Octocat, der zusammengerollt in meinem Schoß auf dem Beifahrersitz lag. Da ich dieses Mal nicht selbst fahren musste, kam ich auf die glorreiche Idee, zwischen mir und dem Kater durch ein Kissen einen Sicherheitsabstand herstellen. Auf diese Weise war ich geschützt vor den Krallen, und selten habe ich eine Autofahrt mit ihm so genossen.

Octocat war natürlich keineswegs so glücklich,

sich mit mir im fahrenden Wagen zu befinden. Er ließ sich Zeit mit seiner Antwort. „Er ruft nach seinen Herrchen und will ihnen sagen, dass er wieder nach Hause kommt", übersetzte er, zwischendurch nervös schnaufend.

„Ach du meine Güte. Das klingt ja richtig traurig", gab ich zurück und gab seine Worte an Charles weiter. Auch wenn die Situation durchaus ernst war – irgendwie erinnerte mich das an eines der alten Spiele auf dem Pausenhof meiner Schule – Flüsterpost. Wie krass musste sich das alles erst für meinen Kollegen anhören?

„Ohne Zweifel, ein verwundbarer Zeuge", stimmte Charles mit meiner früheren Meinung überein, dass der Terrier psychische Probleme haben könnte. Er ließ das Auto am Seitenstreifen ausrollen und stellte den Motor ab. „Der arme Kerl kann einem leidtun."

„Es wird Zeit, dass ihr mich in euren Plan einweiht", kam es von Octocat, während ich seine Klauen vorsichtig aus dem Stoff des Kissens löste und ihn auf dem Gehsteig absetzte.

Charles schnappte sich Yo-Yos Leine und kam an unsere Seite. Der aufgeregte Vierbeiner zog mit solcher Kraft an seinem Halsband, bis er zu keuchen und zu röcheln anfing.

„Yup. Dumm-Dumm ist garantiert ein besserer Name für diesen Hund", konnte sich Octocat wieder nicht verkneifen, mit einem versteckten Grinsen anzumerken. Nachdem wir ausgestiegen waren, kehrte ganz offensichtlich seine Selbstsicherheit zurück. „Und Kotzkarli für den anderen Typen passt auch!"

„Schon klar, du großer Experte für Spitznamen", sagte ich, nur um ihn zu besänftigen. Allerdings, ohne dabei die Augen zu verdrehen, wie er es gewohnt war. Stattdessen nahm ich mir vor, seine Frage von soeben zu beantworten. „Der Plan sieht vor, dass wir einfach mal um die Häuser ziehen, und Yo-Yo uns aus seinem früheren Leben hier erzählt. Es kann gut sein, dass wir dadurch Hinweise auf einen anderen Mordverdächtigen als Brock bekommen."

„Wäre es denn nicht einfacher, dem Dummkopf die Wahrheit zu beichten und ihn direkt zu fragen?" Fast hätte man glauben können, Octocat strengte sich wirklich an mitzuarbeiten, aber ich kannte ihn besser. Bestimmt wollte er die Sache – egoistisch, wie er war – nur so schnell wie möglich hinter sich bringen.

„Nein!", schrie ich, als Yo-Yo anfing zu kreischen und versuchte, seine Leine loszuwerden. Jeder zufällige Beobachter musste glauben, wir würden den armen Yorkie foltern. Glücklicherweise war gerade niemand in unserer Nähe.

„Dumm–Dumm will jetzt die Wahrheit erfahren", ließ Octocat uns an seinem Wissen teilhaben. Viel Mitgefühl zeigte er dabei nicht – er sah eher gelangweilt aus und gähnte.

„Hör schon auf, die Dinge für uns noch schlimmer zu machen!", schimpfte ich ihn aus. „Und sei nicht so hochnäsig. Sein Name ist Yo-Yo, wie du sehr wohl weißt."

„Ja, natürlich. Ich bin hier derjenige, der schwierig ist." Dabei blickte er vorwurfsvoll auf die neonfarbene Leine, die uns beide verband. Noch ein kurzes Schnaufen – dann schaute er beleidigt weg.

Ich hatte inzwischen genug von seinem Benehmen. Zu allem Überfluss hörte auch der Hund nicht auf, verrücktzuspielen, und zwar lautstark. Also kniete ich mich vor meinen widerspenstigen Kater und gab ihm ernst einen gutgemeinten Rat: „Hör zu. Wenn du möchtest, dass ich dir einen großen Wunsch erfülle, machst du ab sofort auch das, was ich von dir erwarte. Und zwar so, wie ich es dir sage. Hast du mich verstanden?"

Nun wirkte er doch zerknirscht. „Ist ja gut. Sag es einfach, ohne mich anzuspucken. Und du musst mich auch nicht so anschreien ..."

Okay, das reichte. Ich würde seinen Zugang zum Fernseher definitiv einschränken. Schlimm genug, dass er den lieben langen Tag mit dem Konsum von Comics verbrachte, aber dadurch benahm er sich auch noch wie ein renitenter Teenager. Zusätzlich zu seinen ohnehin schon unmöglichen, normalen Allüren war das nicht mehr tolerierbar. Außerdem musste er lernen, dass seine Aktionen auch Konsequenzen nach sich zogen!

„*Oh je.* Hier war ich, gerade mal knapp über zwanzig, und fühlte mich wie eine alleinerziehende Mutter mit einem verzogenen Teenager. Im Stillen leistete ich Abbitte für all die kleinen Sünden, die ich meinen Eltern und meiner Oma früher angetan hatte.

„Also wir verstehen uns jetzt?", sagte ich nochmal scharf, während ich aufstand. Charles nahm inzwischen den Terrier auf den Arm, damit der sich nicht noch versehentlich selbst strangulierte.

„Leg schon los. Was soll ich ihm sagen?", spie Octocat aus.

Na endlich. Er konnte auch anders. Und das belohnte ich sofort mit einem breiten Lächeln. Mehr war jetzt in Gesellschaft der anderen nicht angebracht, auch wenn ich wusste, dass er es zu Hause, wenn wir allein waren, liebte, diese Worte zu hören.

„Sag ihm, dass sein Papa und seine Mama momentan unterwegs sind. Wir möchten aber mit ihm hier Gassi gehen und dabei gerne mehr über sein Leben hier mit ihnen erfahren."

„Dir ist schon klar, was du da von mir verlangst?"

„Du wirst es überleben", versicherte ich ihm.

Octocat übermittelte ihm die Nachricht und Yo-Yo hörte kurz auf zu keuchen und ließ seine Zunge wieder im Maul verschwinden. Wenig später kehrte sein Enthusiasmus jedoch zurück und er wollte, dass Charles ihn wieder aus der Umarmung entließ.

„Können wir?", fragte Charles.

Als ich zustimmte, setzte er den Terrier auf den Boden und wir begannen unseren Spaziergang, mit einem stolzen Yo-Yo an der Spitze.

„Muss ich jetzt wirklich alles übersetzen, was der von sich gibt?", jammerte Octocat, kaum dass wir unterwegs waren.

„Selbstverständlich. Jedes Wort", gab ich ihm zu verstehen.

Charles hielt sich derweil ruhig und ein wenig verloren abseits, während die Tiere miteinander kommunizierten. Wenn uns jemand entgegenkam, redete er mit mir, um die Situation nicht ganz so verrückt aussehen zu lassen. Trotzdem konnte man meiner Katze an ihrer Leine ansehen, dass sie wütend war.

„Lieber nicht. Er beißt", warnte mein Kollege zwei ältere Damen mit blaugrauen Haaren in Jogginganzügen, als sie Anstalten machten, Octocat zu streicheln.

Dieser zischte und krümmte den Rücken zur Bestätigung, lachte dann jedoch, als sie ihr Tempo beschleunigen und an uns vorbeihasteten „Das war jetzt richtig lustig", meinte er und schüttelte sich.

„Schön zu sehen, dass du dich amüsierst. Also, was erzählt Yo–Yo denn nun so?" Ich war froh, dass er unser Experiment mittlerweile besser aufnahm, aber jetzt galt es, ihn konzentriert bei der Stange zu halten und das Ziel nicht aus dem Auge zu verlieren.

Octocat seufzte wieder, fuhr sich mit der Pfote über seine Schnurrhaare und wackelte mit den Ohren. „Lass mich nur meine Lauscher wieder auf die Dumm–Dumm-Frequenz einstellen ...

*So, bereit.*"

„Wirklich zu komisch. Jetzt hör auf, den Clown zu spielen und fang an zu übersetzen."

„*Na klaaaar.*" Er zog das Wort fürchterlich in die Länge, und gehorchte endlich. Seufzend meinte er dann: „Wir sind gerade an seinem Lieblingsplatz zum Pinkeln vorbeigekommen. Der kleine Felsen hinter uns. Er erinnert sich noch an ein Eichhörnchen, das er hier mal fangen wollte, als es die Straße überquerte. Hat er aber nicht geschafft. In dem Baum da drüben sitzen oft und gerne Vögel und bauen jeden Frühling ihre Nester. Auch eine beliebte Straßentoilette für ihn. In dem Haus vor uns spielen im Sommer nette Kinder. Sie rennen dann durch die Sprinkleranlage und laden ihn ein, mit ihnen zu toben."

Ich fing an zu bereuen, ihn aufgefordert zu haben, wirklich *alles* zu erzählen, was Yo-Yo so von sich gab. Es kam so schnell, dass ich auch Charles nur entschuldigend zunicken konnte. Also fragte ich nun: „Denkst du, du könntest ihn gezielt etwas von mir fragen?"

Er lief einfach weiter, ohne darauf zu reagieren. Ich deutete das als ein „Ja". „Erkundige dich doch mal, ob er alle Nachbarn hier gut leiden kann."

„Er meint, ja, alle seien freundlich zu ihm. Gerade redet er davon, dass er einmal zwei rote Autos hintereinander hier stehen sah."

Ich war ja froh, dass die beiden ihre Unterhaltung fortsetzten, aber gleichzeitig musste ich dafür sorgen, dass wir beim Thema blieben. „Hatten Bill und Ruth hier in der Nähe enge Freunde?"

„Wie es aussieht, mochten sie jeden – und jeder

mochte sie", gab Octocat zurück. So allmählich begann ich, mir Sorgen zu machen, ob unser Terrier-Freund die Welt nicht etwas zu rosig betrachtete und somit als Zeuge komplett unbrauchbar war. Alle und alles waren für ihn anscheinend ganz reizend.

„Hast du schon etwas Brauchbares erfahren?", wollte Charles wissen.

Das musste ich mit einem Kopfschütteln verneinen, während ich mit dem Schuh ein Steinchen aus dem Weg kickte. „Leider nein. Aber ich kenne jetzt die besten Plätze in der Gegend, um mein Territorium zu markieren."

Charles lachte zwar, aber es klang irgendwie enttäuscht. Gerade wollte ich vorschlagen, zurückzulaufen, als Yo-Yo zu bellen anfing. Er blieb stehen, wurde ganz steif und deutete mit der Nase auf das nächste Grundstück.

„Was ist los?", fragte ich meinen Kater hoffnungsvoll. Das Blut rauschte vor Aufregung in meinen Adern.

„Er sagt, das ist die böse Frau. Sie soll verschwinden."

Ich folgte Yo-Yos Blick und entdeckte das Schild „Zu verkaufen". Ein weiß–blaues Plakat verriet, dass das Haus veräußert werden sollte, und zwar durch die Maklerfirma Calhoun. Sogar ein Foto von Brock war darauf, zusammen mit seiner Zwillingsschwester, Breanne, die beide freundlich in die Kamera grüßten.

„Er sagte deutlich Frau. Ist das richtig? Nicht Mann?", hakte ich nach, um sicherzugehen.

„Kein Zweifel. Ganz bestimmt Frau", stimmte Octocat zu. „Er meint, sie hätte ihn jedes Mal, wenn Besuch kam, im Schrank eingesperrt. Das machte ihn traurig und er hat sich in der Dunkelheit gefürchtet."

"Hmm, vielleicht war das ja sogar der gleiche Schrank, in dem später die Leichen gefunden wurden."

Octocat atmete tief ein und drehte sich zu Yo-Yo um.

*Das darfst du jetzt nicht übersetzen!"*, schrie ich.

„Und was war das jetzt? Hast du etwas entdeckt? Was reden sie die ganze Zeit?", fragte Charles gespannt. „Haben wir eine Spur?"

Meine Blicke wanderten von dem Hund über Charles zu dem Plakat. Ausgerechnet der kleine Terrier, der die ganze Welt liebte, konnte Breanne Calhoun nicht ausstehen. Es schien, als müssten wir der Dame einen Besuch abstatten.

* * *

Während wir zurück zum Auto liefen, versuchte Charles, Breanne per Handy zu erreichen, aber es ging nur der Anrufbeantworter dran. Frustriert sah er mich an.

„Versuche es doch mit einer SMS", schlug ich vor.

Gesagt, getan. Und tatsächlich meldete sie sich kurz darauf zurück. Er gab mir das Gerät, so dass ich die Nachricht selbst lesen konnte:

*Bin gerade bei einer Hausbesichtigung. Was gibt es Neues?*

Ich reichte es ihm zurück und er verfasste seine Antwort, diesmal in Form einer Sprachnachricht, laut und deutlich, so dass ich gleich mithören konnte. „Ich müsste Sie nochmal wegen der Verhandlung sprechen. Wann wäre das möglich?"

Die Antwort wurde erneut mit akustischen Piepsignalen eingeleitet: „Sie sagt, heute geht es nicht mehr, aber wir können jederzeit morgen am Nachmittag vorbeikommen."

„Das ist ärgerlich", meckerte ich. Morgen war bereits Donnerstag, und am Tag darauf würde meine Mutter sich nicht mehr stoppen lassen mit ihrer Reportage. Die Zeit lief uns davon, vor allem, wenn sich der Hinweis auf Breanne auch nur als weitere falsche Spur erweisen sollte.

„Was machen wir jetzt?", war meine nächste Frage.

„Ich könnte etwas zu essen vertragen. Kennst du hier ein Lokal, in dem wir gute Hummerbrötchen bekommen könnten? Darauf habe ich schon Heißhunger, seit ich hierhergezogen bin."

Ich blieb wie angewurzelt stehen. „Das ist jetzt nicht Ihr Ernst, Mr. Charles Longfellow, der Dritte?"

„Wieso? Was habe ich denn getan?"

„Du bist jetzt genau wie lange hier in Maine und hast immer noch nicht unsere berühmten Hummerbrötchen probiert?"

Er lachte. „Habe ich schon erwähnt, dass ich vor lauter Arbeit zu nichts anderem komme?"

„So kommst du mir nicht davon, Karli", sagte ich und benutzte zum ersten Mal seinen Spitznamen. „Du hast jetzt so lange gewartet. Da darf es nicht irgendeines sein. Nur das Beste zählt jetzt."

„Das klingt wunderbar. Wo sollen wir also hin?"

„Lass uns nach Misty Harbor fahren. Dort gibt es das Lokal „Zum kleinen Hund". Ich bin sicher, du wirst es lieben."

# 10

Unser Restaurantbesuch in der nahen Ortschaft Misty Harbor war jetzt genau das Richtige, um uns wieder zu entspannen. Vorher taten wir Octocat noch den Gefallen, ihn zu Hause abzusetzen, eine Geste, für die er außerordentlich dankbar war. Yo-Yo jedoch nahmen wir mit an unseren Tisch auf der Außenterrasse mit Blick auf die ganze Bucht. Wir bestellten ihm sogar sein eigenes, kleines Menü in einer Plastikschüssel, das er mit Begeisterung vertilgte. Als Dank für Octocats heutige Hilfe zweigte ich auch für ihn ein wenig von meinem Teller ab und ließ es einpacken. Es konnte nichts schaden, ihn wieder etwas freundlicher zu stimmen. Noch hatte ich ja keine Ahnung, welchen Gefallen er von mir einzufordern gedachte.

Charles und ich saßen und plauderten, bis es dunkel und der Tisch für einen anderen Gast gebraucht wurde. Mir war so, als hätte ich die Dame mit den roten Haaren, die unseren Tisch reserviert hatte, schon einmal getroffen, aber mir wollte partout nicht einfallen, wo das gewesen sein könnte. Jedenfalls sah sie sehr beschäftigt aus. Im selben Moment, als wir unsere Stühle freimachten, setzte sie sich und packte ihren Laptop aus, noch bevor der Kellner die Chance hatte, abzuräumen.

Sie tat mir etwas leid, weil sie wohl keine Begleitung hatte beim Essen. Obwohl es mir ja normalerweise auch nicht anders ging. Um diese Zeit war ich für gewöhnlich schon im Pyjama und stritt mich mit Octocat. Nur dem Umstand der unerwarteten Essenseinladung von Charles hatte ich es zu verdanken, dass es heute Abend anders lief.

„Schau", meinte er, „zumindest kannst du dich nicht beklagen, dass ich den Hummer mit meiner Arbeit vermische". Und dabei drückte er mich leicht.

*Arbeit. Welch hässliches Wort.* Ja, unsere Pause war wohl zu Ende. Wir durften keine Zeit verplempern.

„Meinst du, wir könnten es jetzt nochmal bei Michelle versuchen?", schlug ich vor, als wir zum Parkplatz liefen.

„Klar. Nimm mein Telefon. Die Nummer ist gespeichert."

Also versuchte ich mein Glück, aber es war vergebliche Mühe. Man wurde direkt zur Aufzeichnung durchgestellt und erfuhr, dass das Band zu voll war für weitere Nachrichten.

Enttäuscht gab ich ihm das Handy zurück.

„Hey. Morgen ist auch noch ein Tag", tröstete er mich.

Da mochte er zwar recht haben – aber es war auch schon die letzte Möglichkeit, um ungestört an Brocks Verteidigung arbeiten zu dürfen. Einen Tag später saß uns Mama mit ihrer Sendung im Nacken. Auch mit Hilfe der Tiere blieb die Geschichte schwieriger als erwartet.

Konnten wir wirklich hoffen, dass dieser eine Tag den Durchbruch bringen würde?

**DONNERSTAG**

Charles und ich arbeiteten den ganzen Vormittag in der Firma, bevor wir gegen Mittag zum Maklerbüro Calhoun fuhren. Zuerst wollte er darauf bestehen, die Tiere mitzunehmen, aber ich konnte ihm das ausreden. Ich fand es besser, damit zu warten, auch weil wir nicht wissen konnten, wie Yo-Yo auf das Erscheinen von Breanne reagieren würde. Wenn sie unsere Mörderin war, könnte die Hölle losbrechen, falls der Terrier seine Erinnerung wiedererlangte. Ausgehend von seinem gestrigen Verhalten beim Anblick des Plakats war praktisch alles möglich.

Breanne ließ uns noch eine gute halbe Stunde warten, bevor sie Zeit für uns fand. Mag ja sein, dass sie wirklich so beschäftigt war – aber ich wurde dadurch ziemlich sauer. Wenn ich etwas hasste, dann Leute, denen die Zeit anderer völlig egal zu sein schien. War ihr nicht klar, dass die Freiheit ihres Bruders auf dem Spiel stand?

„Tut mir leid", meinte sie, als sie uns schließlich in ihr privates Büro winkte." Sehr ehrlich schien das aber nicht gemeint zu sein.

Charles und ich nahmen auf zwei identischen Stühlen Platz, die vor ihrem Schreibtisch standen und warteten ab, bis auch Breanne sich gesetzt hatte. Obwohl sie uns ja erwartet hatte, schien sie nicht gerade erfreut über unser Kommen.

„Wie geht es Ihnen?", fragte Charles höflich. Den gleichen Ausdruck hatte er gezeigt, als wir Brock im Gefängnis besucht hatten.

„Den Umständen entsprechend" gab sie zu und band ihr braunes Haar im Nacken zu einem Knoten zusammen. Erst dadurch fiel mir auf, wie sehr sie ihrem Bruder ähnelte. Eigentlich kein Wunder. Sie waren ja Zwillinge. Trotzdem überraschte mich diese frappierende Ähnlichkeit. Nur die Haarfarbe war anders, und vielleicht die Gesichtszüge etwas weicher und weiblicher.

Sie versuchte, einen betroffenen Ausdruck zu machen, bevor sie zu einer längeren Erklärung ansetzte. „Die Hälfte der Leute, die momentan zu mir kommen, wollen gar kein Haus kaufen, sondern mich nur in ihr Getratsche über meinen Bruder verwickeln. Oder, noch schlimmer, mich über ihn ausquetschen. Aber mir bleibt nichts anderes übrig, als Überstunden zu schieben und sie zu sehen. Die laufenden Kosten für die Firma sind nicht gerade niedrig und wollen verdient sein. Selbst das wird nicht reichen, falls mein Bruder verurteilt wird. Dann kann ich das Büro gleich schließen und mir einen neuen Job suchen." Es folgte ein sarkastisches, kurzes Lachen sowie ein langer Seufzer. „Also nochmal: Nein – so toll sind die Zeiten nicht gerade".

„Umso mehr bedauern wir, Sie noch einmal stören zu müssen", meinte Charles, aber auch er wirkte dabei nicht wirklich aufrichtig. „Leider ist es unsere Pflicht, wirklich alles zu tun und jedem Hinweis nachzugehen, der Ihren Bruder entlasten könnte. Gleichzeitig hat er darum gebeten, Sie ständig auf dem Laufenden zu halten."

Ich rutschte unbehaglich auf meinem Stuhl hin und her und befürchtete beinahe, dass sie meine Abneigung gegen sie spüren könnte. Eines hatte ich von Octocat gelernt, nämlich, dass man den Worten von Tieren viel mehr vertrauen konnte als denen eines Menschen. Für mich war das hier nur Schauspielerei. Sie wollte wohl die vergrämte Schwester vorgeben, gleichzeitig aber auch ihren Bruder im Gefängnis sehen – für ein Verbrechen, das sie vermutlich selbst begangen hatte. Das war jedenfalls mein Eindruck.

Den einzigen Beweis für diese Theorie lieferte natürlich unser sonst so glücklicher Terrier, der jeden mochte, aber bei ihrem bloßen Anblick richtig böse wurde.

Was sonst hätte das bedeuten können?

Schade, dass Charles nicht zugestimmt hatte, Großmutter mitzunehmen. Sie hätte wieder etwas herumspionieren können, während wir Breanne in ein Gespräch verwickelten. Obwohl ich diese

Maklerin gerade erst kennengelernt hatte, wusste ich genau, dass man kein Wort glauben durfte, das zwischen diesen grell geschminkten Lippen hervorkam.

„Gibt es denn etwas Neues?", wollte sie nun wissen, überkreuzte die Beine und blickte Charles herausfordernd an. „Nur zu, erzählen Sie es mir."

Mein Kollege drehte sich kurz zu mir um und atmete schwer. Du meine Güte, er wird ihr doch jetzt nichts von sprechenden Tieren oder unserem Verdacht gegen sie erzählen, dachte ich noch, aber er stellte mich nur vor.

„Das ist Angie Russo." Folgsam lächelte ich und winkte ihr unbeholfen zu.

„Sie ist die beste Rechtsanwaltsfachangestellte in Blueberry Bay und unterstützt uns jetzt ebenfalls bei der Verteidigung Ihres Bruders."

„Das mag ja stimmen, aber ich habe einen Anwalt damit betraut. Und bei den Sätzen, die uns berechnet werden, darf man eigentlich erwarten, dass sich Ihr Chef, Mr. Thompson, persönlich um den Fall kümmert", meinte sie anklagend. „Bitte sagen Sie mir nicht, dass Sie um dieses Treffen gebeten haben, nur um eine neue Assistentin vorzustellen. Das ist nicht die Art Nachricht, für die ich bereit bin, 275.–$ pro Stunde zu bezahlen!"

„Keine Sorge. Dieser Besuch wird Ihnen natürlich nicht in Rechnung gestellt." Charles stellte ein einschmeichelndes Lächeln zur Schau, das seine Wirkung nicht zu verfehlen schien.

„Oh?" Sofort verbesserte sich die Laune unserer hübschen Maklerin. „Wenn das so ist, was kann ich denn heute für Sie tun?", erkundigte sie sich und setzte sich aufrecht hin.

„Als wir gemeinsam unsere bisherigen Ergebnisse durchgingen, haben sich noch Fragen zum Tatort ergeben. Wäre es wohl möglich, sich irgendwann am Nachmittag dort noch einmal umzusehen?"

„Also Sie möchten nochmal ins Haus?", sagte sie und schien nicht gerade begeistert. „Das geht natürlich."

„Sehr gut. Wir bedanken uns." Charles stand auf und reichte ihr über den Schreibtisch hinweg die Hand. „Wenn Sie uns jetzt den Schlüssel geben könnten, stören wir auch nicht länger."

„Nicht so schnell", meinte Breanne und trat neben uns. „Ich werde bereits vom staatlichen Lizenzbüro ständig mit Adleraugen kontrolliert. Selbst wenn Brock entlastet wird, besteht die Möglichkeit, dass der Täter sich mit einem Schlüssel aus meinem Schließfach Zugang verschafft hat. Man hat sogar schon angedeutet, ich hätte die Tür am

Vorabend nicht richtig abgeschlossen und wollte mir damit eine Mitschuld an den Morden in die Schuhe schieben. Ist das zu glauben?"

„Unschön", murmelte ich, aber das hätte ich mir wohl verkneifen sollen.

Breannes Augen zogen sich zusammen und sie spitzte die Lippen, um etwas zu sagen, bevor sie es sich doch anders überlegte. Sie wandte sich wieder an Charles, zeigte aber auf mich: „Wie sagten Sie, war ihr Name gleich noch mal?"

„Angie Russo", antwortete ich an seiner Stelle und verzichtete provozierend darauf, ihr erneut die Hand zum Abschied zu reichen. „Könnten wir jetzt bitte ins Haus?"

Ihre Augen richteten sich gezwungenermaßen wieder auf mich, und dieses Mal war die Abneigung nicht zu übersehen. Die Spannung im Raum war greifbar, während wir uns anstarrten. Schließlich gab sie nach und führte uns hinaus.

„Wir treffen Sie dann in fünfzehn Minuten dort, okay?", schlug Charles vor. „Wir müssen vorher nur noch kurz etwas erledigen."

„Soll mir recht sein, aber bitte nicht später. Ich muss heute noch jede Menge Papiere durchgehen und will ausnahmsweise einmal pünktlich Schluss machen."

Ich enthielt mich einer Antwort und fing erst wieder zu sprechen an, als wir, sicher angegurtet, im Wagen saßen. „Na, ist das nicht ein echtes Schätzchen?", fragte ich ihn.

Er blickte nachdenklich drein, während er zusah, wie Breanne in ihrem großen, kirschroten SUV wegfuhr. „Nun ja – sie steht ziemlich unter Druck momentan. Vielleicht sogar mehr als ihr Bruder." Ich konnte nicht glauben, dass sein Gesicht dabei einen fast zärtlichen Ausdruck annahm."

„Aber deswegen muss man ja nicht unhöflich sein", gab ich schroff zurück. „Haben wir überhaupt einen Plan, um das Haus durchzuchecken? Die Grundidee für unseren Besuch war doch, herauszufinden, ob Breanne ihren eigenen Bruder in diese Lage gebracht hat."

„Wir können sie ja wohl schlecht direkt fragen, ob sie eine Mörderin ist. Noch dazu ist nicht sie unsere Mandantin, sondern er. Ich schlage vor, wir schnappen uns die Tiere und sehen uns dort nochmal gründlich um. Mir ist zwar dabei nichts aufgefallen, aber du hast ja die Räume noch nie gesehen. Vielleicht entdeckst du etwas, das ich übersehen habe. Oder Yo-Yo erinnert sich an etwas, wenn er erst einmal wieder dort ist."

„Gestern jedenfalls hat der Kleine von der bösen

Frau gesprochen und meinte damit eindeutig Breanne", gab ich zu bedenken.

Charles sah ausdruckslos in die Ferne. Ihm ging wohl so einiges im Kopf herum und ich hatte den Eindruck, dass er das noch nicht mit mir teilen wollte. „Das weiß ich, aber ich kenne sie besser als du und bin noch längst nicht überzeugt, dass sie schuldig ist."

„Ich schon", erwiderte ich patzig und verschränkte die Arme vor der Brust wie ein trotziges Kleinkind. Wenn sie mich auch vorher kaltgelassen hatte, so war ich jetzt doch endgültig gegen sie, nachdem Charles sie trotz der Beweislage auch noch verteidigte. Es hörte sich fast an, als hegte er für Breanne die gleichen romantischen Gefühle wie ich für ihn?

Vielleicht hatte Octocat doch recht. Ich sollte mir statt Karli einen Katzenliebhaber suchen und mit ihm sesshaft werden.

Dann jedoch kehrte dieses breite Lächeln zurück, bei dem man seine schönen Zähne sah, und er drückte mir die Hand. „Es gibt einen Weg, die Wahrheit herauszufinden. Lass uns losfahren."

Ich atmete schwer auf. Meine Gedanken von soeben waren schon wieder überholt. Natürlich würde ich diesem Mann überallhin folgen. Nicht nur wegen seines guten Aussehens. Nein, darüber hinaus war er auch noch clever, nett und freundlich und wollte Gerechtigkeit.

Alles keine schlechten Voraussetzungen, wenn man unterwegs war zu einem Haus, in dem kürzlich zwei Menschen ermordet wurden.

**11**

E twa zwanzig Minuten später erreichten wir das Heim der Hayes. Breanne wartete schon in ihrem SUV auf der Zufahrt. Als sie sah, dass jeder von uns einen tierischen Begleiter dabeihatte, knallte sie beim Aussteigen die Autotür mit einer Kraft zu, die ich ihr nicht zugetraut hätte.

Yo-Yo knurrte und fletschte seine winzigen Schneidezähne, machte aber keine Anstalten, sich aus Charles' Armen zu befreien. Obwohl er sich doch riesig freuen sollte, in sein Haus zu kommen, hielt ihn die Furcht, hier wieder Zeit mit einer gehassten Person verbringen zu müssen, klar davon ab.

„Warum haben Sie diese Tiere dabei?", wollte Breanne auch sofort wissen und versperrte uns den Gehweg zum Eingang.

Also liefen Octocat und ich quer über den Rasen und betraten das Haus. Charles konnte die verärgerte Maklerin mit seinem Charme sicher auch ohne unsere Hilfe beruhigen?

Sofort beim Eintreten empfing uns der scharfe Geruch von Chemikalien.

Mein Kater begann sogleich, sich mit den Pfoten über die empfindliche Nase zu streichen. *„Ew, ew, ew"*, beschwerte er sich bei jedem weiteren Schritt ins Innere. „Ihr Menschen habt wirklich ein Talent, eure Umwelt zu versauen. Ich weiß nicht, wie lange ich das aushalten kann."

„Mir geht es nicht anders", meinte ich, während ich den Kragen meiner Bluse hochzog und als behelfsmäßigen Filter benutzte. „Ich nehme an, dass man das Haus extra gründlich gereinigt hat nach ..."

Octocat griff den Faden ungerührt auf. „Du meinst, nach dem brutalen Doppelmord? Schon möglich." Seine Sätze kamen etwas gedämpft unter den Pfoten hervor.

Ich sah ihn an und überlegte gerade, wo wir anfangen sollten, aber er ignorierte mich. Stattdessen fing er an zu schnüffeln, verfiel dann in einen raschen Trott und rannte schließlich, ohne zu zögern, über die Treppe hinauf in den ersten Stock.

„Warte doch auf mich!", rief ich ihm hinterher,

halb fallend in dem Versuch, mit ihm Schritt zu halten. „Wohin willst du denn?"

Natürlich bekam ich keine Antwort, aber als ich dann ebenfalls oben ankam, fand ich ihn in einem Schlafzimmer am Ende des langen Flurs. Dieser Raum war als einziger schon komplett leergeräumt. Dem Geruch nach war hier auch die Quelle für den Einsatz der Chemikalien, aber ansonsten waren die Wände und der Fußboden unberührt.

Irgendwie fühlte ich mich ein wenig schuldig, als ich durch das Zimmer schritt. Schließlich gelang es mir, die Fenster zu öffnen und etwas frische, ungiftige Luft hereinzulassen, die dieses Gefühl wieder vertrieb.

Octocat hüpfte dankbar auf das Fensterbrett. „Endlich kann ich wieder atmen", stieß er mit einem tiefen, zufriedenen Schnaufer hervor. „Dachte schon, *ich* muss auch noch hier sterben."

Ich stemmte bedeutungsschwer die Hände in die Hüften und versicherte ihm, dass seine Zeit noch nicht gekommen sei. „Das ist noch viel zu früh, keine Angst, Octo."

Die Anrede regte ihn aber schon wieder auf. „Werde ich schon wieder bestraft? Diesmal mit dem Verlust meines vollen Namens? Was ist mit der Bezeichnung *Cat* in Octocat passiert? Hmm?"

„Keine Ahnung", antwortete ich wahrheitsge-mäß, während ein schelmisches Lächeln über mein Gesicht glitt. „Vermutlich hast du mich angesteckt mit deinen ständigen Versuchen, anderen einen Spitznamen zu verpassen. Nebenbei versuche ich, anders als du, die Stimmung etwas zu lockern. Ich bin mir nämlich ziemlich sicher, dass Bill und Ruth hier in diesem Raum gestorben sind."

„Du meinst wohl eher *ermordet*", korrigierte er mich. Dabei legte er großen Wert auf eine schaurige Betonung des Wortes. „Und bitte vergiss zukünftig nicht wieder das *Cat*. Es ist schließlich der wichtigste Teil meines Namens."

„Schon gut. Aber jetzt lass uns mal zur Sache kommen, okay? Schließlich wurden hier zwei Menschen getötet." Ich senkte meine Stimme, als könnte Breanne draußen etwas mitbekommen. Im Augenblick konnte ich sie weder hören noch sehen. Keine Ahnung, wo sie, Charles und der Hund abge-blieben waren. Aber das war uns nur recht. „Wir müssen die Zeit nutzen, um uns ungestört nach möglichen Hinweisen umzusehen."

"Yes, Boss", entgegnete mein Gefährte von schräg unten und klopfte energisch mit dem Schwanz.

Vor dem Fenster fing ein Vogel an zu zirpen, und vorbei war es mit Octocats Konzentration. Er brachte sich in Jagdstellung und versuchte, das Gezwitscher mit einer lächerlichen Version der Vogelstimme nachzuahmen.

Statt ihn zu hänseln, verzog ich nur das Gesicht, und wanderte durchs Zimmer. Zumindest einer von uns musste etwas zur Aufklärung beitragen. So wie es aussah, fiel dieser Job mir zu.

In einer kleinen Ecke fand ich die Tür zu einem Einbauschrank, der innen überraschend großzügig war. Hier wurden anscheinend die Leichen der beiden gefunden. Gott sei Dank wies nichts mehr auf diese grausame und schockierende Tatsache hin – wenn man einmal von dem aufdringlichen Geruch der Chemikalien absah. Es war nur noch ein schlichter, leerer Raum.

„Hier wurden sie gefunden." Plötzlich stand Charles hinter mir und ich erschrak.

„Man schleicht sich an einem Tatort nicht von hinten an Leute an." Mein Tonfall drückte deutlich meinen Unmut aus.

Er zog die Augenbrauen hoch und seine Mundwinkel fielen herab. Offenbar hatte er meine Anspielung verstanden. „Tut mir sehr leid. Ich wollte dich nicht erschrecken. Wir haben leider nicht viel Zeit.

Breanne ist ziemlich aufgebracht und droht sogar damit, sich bei Thompson zu beschweren."

Ich schüttelte missbilligend den Kopf und trat einen Schritt zurück, als mir auffiel, dass ich ihm wohl etwas zu nahegekommen war. Trotz meiner Sympathie für ihn – jetzt war nicht der richtige Moment für Zärtlichkeiten. „Nur weil wir die Tiere mitgebracht haben? Hat sie Yo-Yo überhaupt erkannt?"

Als dieser seinen Namen hörte, kam er ins Zimmer gesaust und fing an, im Kreis zu rennen. Und zwar so schnell, dass man praktisch nur ein fliegendes, braun–graues Wollbündel erkennen konnte.

„Aha. Da ist wohl jemand ausgeflippt", stellte Octocat fest, als er vom Fenster heruntersprang und sich zu uns an den Eingang des Schrankes stellte. „Mein Vögelchen hat er auch verscheucht. Gerade war ich dabei, es zu kriegen."

Ich beschloss, nicht zu erwähnen, dass auch er manchmal ganz ähnlich durchdrehte. Und den Vogel hätte er sowieso nicht erwischt – von seinen bescheidenen Jagdfähigkeiten einmal ganz abgesehen, befand sich schließlich auch noch ein Moskitonetz zwischen ihm und seiner Beute. Zu guter Letzt konnte er ja wohl auch nicht fliegen? Damit hatte sich zumindest das erledigt.

Der Yorkie rannte weiter glücklich im Kreis herum, bis er auf einmal in der Mitte des Raums erschöpft zusammenbrach und nur noch nach Luft japste.

Ich erkundigte mich bei Charles erneut nach Breanne, während sich Octocat pflichtbewusst mit Yo-Yo unterhielt.

„Sie meint, wir übertreiben, und zweifelt an unserem Verstand." Seinem Gesicht konnte man bei dieser schlechten Nachricht nichts anmerken, aber ich wusste auch so, wie er sich gerade fühlte.

Mein Herz begann zu rasen. Schlimm genug, dass er mein Geheimnis kannte, aber er hatte doch wohl nicht etwa ...? „Du hast ihr aber nichts über ...?"

„Nein, natürlich nicht." Er schnitt mir das Wort ab. „Aber irgendetwas musste ich ihr schließlich sagen. Also erklärte ich ihr, die Tiere wären zu unserer emotionalen Unterstützung dabei."

Nun, kein Wunder, dass sie uns für verrückt hielt. Charles hatte ihr das ja de facto bestätigt.

„Wie lange gibt sie uns noch?", fragte ich. Dabei musste ich mich zurückhalten, um nicht erneut anzufangen, auf meinen langen Fingernägeln herumzukauen. Ich nahm mir vor, demnächst wieder mal zur Maniküre zu gehen.

„Höchstens eine halbe Stunde", kam es zurück. Man konnte ihm seine Sorge direkt ansehen.

„Dann sollten wir die jetzt nutzen." Ich setzte mich zu den Tieren. Hoffentlich würde der chemische Geruch des Teppichs nicht auf meine Kleidung abfärben, aber selbst das wäre ein kleiner Preis für die richtigen Infos. Am wichtigsten war, dass wir Brock retten konnten.

„Hat er schon etwas gesagt?", fing ich an, Octocat zu befragen und deutete in Richtung unseres vierbeinigen Zeugen.

„Jede Menge. Viel zu viel", antwortete dieser, während er sich auf den Rücken drehte und seinen Bauch in Richtung Decke streckte. Er sah völlig erschöpft aus, dabei waren doch noch nicht einmal zwei Minuten vergangen, seit er mit Yo-Yo gesprochen hatte.

„Würde es dir etwas ausmachen, mir darüber zu berichten?", fragte ich. Nur zu gerne hätte ich ihn dabei gestreichelt, aber irgendwie hatte ich das Gefühl, dass er mich aufgrund seiner momentanen Verfassung beißen könnte. Und das brauchten wir jetzt wirklich nicht.

Er gähnte, und der Geruch seines Thunfisch-Frühstücks mischte sich mit den Gasen, die der Teppichboden ausströmte. Das war gar nicht gut für meinen protestierenden Magen. „Wieder etwas über seine Herrchen, und dass er gerne wieder hier mit ihnen leben würde. Außerdem war er im Einbauschrank. Genau wie sie. Jabba dabba du."

„Wie bitte? Kein *jabba dabba du*. Was genau hat er gesagt?" Ich stupste ihn, bis er wieder auf der Seite lag und meinem Blick nicht mehr ausweichen konnte.

Octocat knurrte, kam auf die Beine und entfernte sich ein paar Schritte, um aus meiner Reichweite zu kommen. „Ich habe dir alles übersetzt, woran ich mich erinnere. Der spricht einfach zu schnell, ohne Punkt und Komma, und dazu noch undeutlich. Nach einer Weile hört sich alles gleich an."

*Hmm, das traf auch gut auf ihn selbst zu.*

Ich stöhnte auf und Yo-Yo nutzte den Moment, um auf meinen Schoß zu springen und mir das Gesicht zu lecken. „Das kaufe ich dir nicht ab", erklärte ich meiner aufmüpfigen Katze. „Wir kommen extra hier her, um nach Spuren des Mordes zu suchen, und du schaffst es nicht einmal, zwei Minuten aufmerksam zuzuhören?"

„Ich muss mir das hier nicht länger antun", kam

zur Antwort. Mit theatralischer Gestik erhob er sich und verließ den Raum.

Yo-Yo in meinem Schoß rührte sich und sprang ihm hinterher.

„Puh, ich schätze mal, die Zeit läuft uns davon", sagte ich zu Charles und erhob mich ebenfalls. „Wo ist denn übrigens Breanne abgeblieben?"

Er stand derweil in dem großen Schrank und studierte die Wände, als ob die mit ihm sprechen könnten. „In ihrem Wagen", kam es zögernd zurück. „Sie meinte, sie müsste ein paar Anrufe erledigen."

Ich schluckte hart, wussten wir doch beide, dass einer dieser Anrufe unserem Chef gelten könnte. So sehr diese Aktion hier auch wichtig war, mit ihm durfte ich es mir nicht verscherzen. Mr. Fulton war nett gewesen und hatte meine Arbeit geschätzt, aber bei Mr. Thompson war das leider nicht immer so. Und im Augenblick hatte er, als einziger Partner der Kanzlei, nun einmal das Sagen.

Falls Bethany recht damit hatte, dass Thompson nicht zögern würde Charles zu entlassen, wenn wir hier versagten, konnte mich das ebenso gut treffen.

*Shit.* Warum musste immer alles so kompliziert sein?

„Sollen wir ihnen folgen?", fragte ich und deutete

mit dem Kinn in Richtung der Tür, durch die soeben unsere lauten Lieblinge verschwunden waren.

Charles blickte von mir zum Flur und zurück. Dann schüttelte er verneinend den Kopf. „Warte noch. Da gibt es noch etwas, aus dem ich nicht ganz schlau werde. Vielleicht kannst du mir ja dabei helfen." Er griff in seine große Tasche und zog den dicken Ordner mit den Anklageschriften heraus.

Genau wie ich befürchtet hatte, blätterte er geradewegs zu den Fotos, die die leblosen Körper von Bill und Ruth zeigten. Die hatte ich schon vorher nur mit viel Überwindung ansehen können, und das war diesmal nicht anders.

Dann jedoch hatte ich auch wieder das Bild von einem unschuldigen Brock im Kopf, der vielleicht mit einem Leben hinter Gittern dafür büßen musste. Also überwand ich mich, holte eine Pille gegen zu viel Magensäure aus meiner Handtasche und zwang mich, die Aufnahmen zu betrachten, die Charles mir reichte.

Heute sah ich genauer hin als neulich im Büro, und was soll ich sagen? Da war tatsächlich eine Spur, die uns weiterhelfen könnte.

# 12

ch mochte vielleicht nicht so viel Erfahrung mit Tatorten habe, aber etwas an diesen Fotos machte mich sofort stutzig.

„Können wir die mal im Schrank auslegen?", bat ich Charles und gab ihm die Aufnahmen zurück.

Er stimmte zu und verteilte die Bilder in den entsprechenden Ecken, in denen sie aufgenommen wurden. Zusammen überprüften wir, dass alle am richtigen Platz lagen.

„Okay, dann überlegen wir einmal gemeinsam." Mit dem Zeigefinger strich ich mir nachdenklich übers Kinn. „Was genau zeigen uns die Fotos?"

Charles deutete auf eines ganz links von uns. „Aus dem Winkel der Blutflecken können wir schließen, dass der Täter von rechts kam."

Wir verglichen es mit der Wand, die damals mit Blut besudelt war, inzwischen jedoch in reinem Weiß erstrahlte.

„Schön und gut. Was noch?", fragte ich, und jetzt, wo die Tabletten wirkten, fing ich doch an, an meinen Nägeln zu kauen. Irgendwie beruhigte mich das.

Er ließ den Blick über die gesamte Szene schweifen und meinte: „Nun, wir nehmen an, dass Bill zuerst getötet wurde und Ruth kurz danach, als sie ihn vermisste und nach ihm zu suchen begann."

Das war mir neu, aber ich hatte ja auch noch nicht nach so vielen Details zum Tathergang gefragt. Eines jedoch wurde mir direkt klar: Ich musste mir schnellstens eine dickere Haut zulegen, was diese Dinge betraf, sonst würde mein Magen jedes Mal rebellieren. Immerhin schien es ja in letzter Zeit zu einer lieben Gewohnheit zu werden, Tötungsdelikte zu untersuchen.

Also nickte ich. „Okay. Was bringt dich zu der Annahme?"

„Bills Blut hat den Teppichboden stärker getränkt und war auch auf einer größeren Fläche verteilt. Allerdings geschahen die Morde kurz hintereinander, also kann man da auch nicht sicher sein", erklärte Charles. Ich fragte mich, ob er genauso aufgewühlt war über die brutalen Morde wie ich. Falls ja, wusste er das gut zu verbergen.

„Hmm", sagte ich nur und ließ mir die Information meines Partners durch den Kopf gehen. Dann zog ich einen Stift aus meiner Tasche und versuchte, so gut ich konnte, die Blutflecken auf der Wand nachzuzeichnen. Im Fach Kunst war ich zwar nie besonders gut gewesen, aber für unsere Zwecke sollte es reichen.

Charles geriet in Panik und wollte mir den Stift wegnehmen. „Was glaubst du, was du hier tust?", meinte er mit Furcht in der Stimme. Irgendwie sah er heute nicht mehr ganz so attraktiv aus wie zu Wochenbeginn. Vielleicht hatte ich unbewusst begonnen, ihn mit den Morden in Verbindung zu bringen – nicht gerade hilfreich für eine aufkeimende Romanze.

„Ich versuche lediglich, mit Hilfe von Beweisen zu einer Schlussfolgerung zu gelangen", erklärte ich ihm. Ein klein wenig fühlte ich mich wohl gerade wie in den Fußstapfen von Sherlock Holmes. Auch Holmes hatte sich ja gelegentlich Watson gegenüber sehr eng verbunden gefühlt. Na gut – wir hatten den großen Durchbruch noch nicht geschafft, aber es konnte nicht mehr lange dauern, wenn wir nur so weitermachten und durchhielten.

Mein persönlicher Watson hatte leider seine eigene Vorstellung, was unsere Taktik anbelangte. Er fing wieder an, mich an Breanne zu erinnern.

„Die kannst du vergessen", stieß ich zwischen zusammengebissenen Zähnen hervor. „Die ist doch auf jeden Fall nicht mehr ganz dicht. Sie kann uns jetzt auch nicht mehr aufhalten."

Er stöhnte, ließ mich jedoch weitermachen.

Ich ignorierte die kleinen Blutspritzer, aber im Großen und Ganzen hielt ich die Flecken an der Wand realistisch fest. Einige Minuten später trat ich zurück und war mit dem Ergebnis meiner Zeichnung sehr zufrieden.

„Na bitte", sagte ich und rieb meine Hände an den Hosenbeinen ab, obwohl sie überhaupt nicht schmutzig geworden waren. „Jetzt müssen wir das nur noch mit unseren Körpern zum Leben erwecken. Du bist jetzt Bill und ich spiele den Mörder. Haben wir irgendetwas, das wir als Hammer benutzen können?"

„Ähm ..." Charles war sichtlich nicht wohl bei der Vorstellung und er wusste auch überhaupt nicht, worauf ich hinauswollte. Aber ich wollte jetzt nicht groß Zeit für Erklärungen verschwenden, schon gar nicht, wenn Breanne jeden Moment erscheinen und uns verscheuchen konnte.

„Na bitte, da haben wir doch etwas." Ich nahm Octocats Leine und faltete sie mehrmals, bis sie die Länge eines handelsüblichen Hammers hatte. Die Enden fixierte ich mit meinen Haarnadeln. „Hast du zufällig auch ein paar Haftnotizen dabei?"

Er fing an, in der großen Tasche herumzu-wühlen und fand tatsächlich einen kleinen Block dieser farbigen Zettelchen. „Man weiß ja nie, wann einem die Dinger einmal helfen können. Wozu brauchst du die denn jetzt " Mit diesen Worten reichte er sie mir.

„Sehr gut", lobte ich ihn, und dabei kreuzten sich wieder einmal unsere Blicke. Statt eine Grimasse zu ziehen, schien er offen zu lächeln. Das nahm ich schon einmal als gutes Zeichen. „Jetzt leg dich genauso hin, wie Bill den Aufnahmen nach gefunden wurde."

Folgsam ließ er sich entsprechend nieder und ahmte auch die seltsame Armstellung nach. Als ich ihn so liegen sah, genau wie das Opfer auf den Fotos, erschauderte ich. Meine Fantasie tat ihr Übriges, um die blutigen Details und Verletzungen als Bild in meinem Kopf auszufüllen.

Ich riss mich gedanklich davon los und befestigte einige der Notizblätter an den Stellen bei Charles, an denen auf den Fotos von Bill die Wunden der

Hammerschläge zu sehen waren. Insgesamt gab es drei davon – eine nahe am Hals, eine an der Seite des Gesichts und schließlich noch hinten am Rücken, in der Nähe der Schulter.

„So. Fertig. Du kannst wieder aufstehen", wies ich ihn an und trat einen großen Schritt zurück, um ihm mehr Platz zu verschaffen.

Er tat, wie ihm geheißen, blieb aber stumm. Mir war klar, dass er jetzt auf meine Erklärung wartete.

„Wie groß war Bill?", fragte ich, während ich ihn um die eigene Achse drehte, damit ich seinen Rücken von hinten studieren konnte.

„Knapp einen Meter achtzig", erklärte er nach kurzem Nachdenken.

„Und wie groß bist du?"

„Einen Meter dreiundachtzig."

„Und jetzt: Wie groß ist Brock?"

„Einen Meter fünfundneunzig."

Ich merkte mir die Zahlen gut und verglich sie mit meiner eigenen Größe von einem Meter vierundsiebzig. Dann schlug ich mit meiner behelfsmäßigen Mordwaffe auf die bunten Zettelchen. Mit der freien Hand knipste ich jeden Schlag mit dem Handy.

„Fertig. Du kannst dich jetzt umdrehen." Ich öffnete eine App auf meinem Telefon und erklärte

Charles, was ich damit bezweckte: „Brock ist gut fünfzehn Zentimeter größer als Bill es war. Wir tun jetzt einmal so, als wäre ich auch fünfzehn Zentimeter größer als du. Kannst du einmal etwas in die Hocke gehen bis ... ja genau, so."

Ich nahm das Handy vom Fußboden etwa auf meine Schulterhöhe und wartete, bis Charles die richtige Position gefunden hatte. Er stand etwas wackelig, aber ich überprüfte meine Vermutung und die jeweiligen Maße und schoss Fotos aus allen Winkeln.

„Nun lass uns das gemeinsam durchgehen", bat ich, während ich ihm aus seiner unbequemen Stellung aufhalf, sodass wir zusammen die sechs neuen Fotos studieren konnten. „Die ersten drei Bilder zeigen uns in realer Größe. Auf den drei anderen haben wir künstlich den Größenunterschied zwischen Bill und Brock nachgestellt. Was fällt dir auf?"

Charles nahm mir aufgeregt das Handy aus der Hand und scrollte vor und zurück. Dann legte er das Gerät neben die anderen Aufnahmen vom Tatort auf den Fußboden und verglich sorgfältig die Fotos mit den von mir markierten Flecken an der Wand.

„Also, wenn man die Winkel der Blutspritzer mit

der Position der Wunden vergleicht, sind die ersten drei Bilder eindeutig wahrscheinlicher."

Ich nickte. „Wenn Brock diese Schläge ausgeführt hätte, hätte er seine Handgelenke unnatürlich verdrehen und, ähnlich wie beim Golf, in einem Bogen auf ihn einschlagen müssen. Der normale Schlag – und auch der effektivste – wäre aber direkt von oben gewesen."

„Also denkst du, dass es jemand gewesen sein muss, der um einiges kleiner war?"

„Ganz recht. Aber, um sicherzugehen, lass uns das zusätzlich noch einmal mit den Fakten über Ruths Tod nachstellen."

Wir wiederholten alles wie zuvor, nur dass dieses Mal ich das Opfer mimte. Bei Ruth hatte ein einziger Schlag auf den Kopf ausgereicht, um sie zu töten, und der kam direkt von oben auf den Schädel.

„Schau", forderte ich Charles auf, als wir die Fotos der zweiten Serie verglichen. „Warum sollte der Mörder Ruth auf den Kopf schlagen, Bill aber nicht?"

„Weil Bill zu groß für ihn war." Charles war begeistert über unsere Entdeckung.

Natürlich freute es auch mich, dass mein Kollege meine Theorie sowohl verstand als auch unterstützte. „Was mich angeht, so bin ich ziemlich sicher, dass es eine Täterin war, oder ein vergleichsweise kleiner Mann. Brock jedenfalls scheidet definitiv aus.“

„Also suchen wir nach jemandem ...“ Seine Augen fokussierten sich auf mich.

„In meiner Größe. Stimmt genau“, bestätigte ich ihm.

Charles nahm wieder den dicken Ordner zu Hilfe, ging die Namen aller in Frage kommenden Personen durch und meinte dann: „Brock können wir mit Bestimmtheit ausschließen. Das gilt auch für seinen Chef. Beide sind zu groß.“

Ich war bereits weiter und wusste genau, wohin die neue Spur führte, aber er musste selbst darauf kommen.

„Irgendwie ist jeder als möglicher Täter entweder zu klein oder zu groß.“ Mit dieser Schlussfolgerung wanderte der Ordner schließlich zurück in die Tasche.

„Na ja – eine Person mit exakt meiner Größe kennen wir schon“, gab ich zu bedenken.

„Breanne“, seufzte Charles nun. „Das hatte ich befürchtet.“

Von der Treppe näherten sich deutlich vernehmbare Schritte. Wir sahen uns angespannt an und wussten beide genau, wer uns da jetzt aufsuchte.

„Also gut, Sie hatten Ihre Chance! Machen Sie

Schluss." Ihre bereits ärgerlich klingende Stimme wurde noch wütender, als sie uns am Boden sitzend und mit den Fotos vom Tatort vorfand. Unsere schuldbewussten Mienen taten ihr Übriges.

„Was machen Sie denn noch hier? Und wo sind überhaupt Ihre Tiere abgeblieben?" *Ihre Körpersprache war eine einzige Anklage.*

*Oh–oh.* Das verhieß nichts Gutes.

# 13

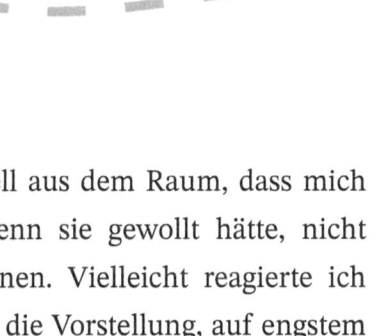

ch schoss so schnell aus dem Raum, dass mich Breanne, selbst wenn sie gewollt hätte, nicht hätte stoppen können. Vielleicht reagierte ich etwas zu drastisch, aber die Vorstellung, auf engstem Raum mit einer Mörderin zu sein, versetzte mich in Panik. Außerdem wurde mir klar, dass es inzwischen schon eine ganze Weile her war, seit wir die Tiere zuletzt gesehen hatten. Hatten die zwei es geschafft, irgendwie nach draußen zu gelangen?

Glücklicherweise fand ich Octocat fast auf Anhieb. Er war auf den Kühlschrank gesprungen und das aufgeplusterte Fell zeigte, genau wie sein Fauchen, dass er wütend war. Der Grund dafür war nicht zu übersehen. Yo-Yo winselte, zerkratzte mit den Pfoten den Lack des Aggregats und versuchte, sich so lang wie möglich zu machen, hatte aber trotz aller Anstrengung keine Chance, die Katze zu erreichen.

„Warum hast du mich verlassen?", zischte Octocat böse.

Ich hob abwehrend die Arme. "Hey, schon vergessen? Du warst derjenige, der abgehauen ist. Was hat dich daran gehindert, zurückzukommen?"

„Dumme Frage. Natürlich der blöde Köter hier", fuhr er mich an.

Schon klar, dass er verärgert war, aber mir ging es ja nicht anders. Ich hatte von ihm erwartet, dass er einen Weg finden würde, aus unserem Hundezeugen ein paar nützliche Informationen herauszuquetschen. Ganz offensichtlich hatte das nicht funktioniert.

„Dann muss ich wohl annehmen, dass du in der ganzen Zeit nichts Vernünftiges erreicht hast?" Meiner Stimme war die Frustration nun auch deutlich anzumerken.

Seine Augen sprühten vor Zorn, als er antwortete: „Immerhin konnte ich mein Leben und meine Ehre retten. Was gibt es Wichtigeres?"

Kopfschüttelnd schnappte ich mir Yo-Yo und flüstere Octocat zu: „Wir müssen jetzt gehen. Und wenn uns jemand auf dem Weg nach unten begegnet, denke daran, dass niemand uns beim Sprechen erwischen darf."

„Was sollte das jetzt?", fragte Breanne, die unvermittelt am Fuß der Treppe auftauchte. Wieso mussten sich in diesem Haus die Leute immer so anschleichen? Dadurch bekam ich jedes Mal einen Schock.

„Oh, nichts weiter. Ich habe ihnen nur gesagt, dass wir jetzt gehen müssen."

Und das war ja noch nicht einmal gelogen.

Charles stieß kurz darauf zu uns. „Ich musste nur noch aufräumen", erklärte er und reichte mir die gebündelte Leine. „Breanne musste ich versprechen, persönlich für einen neuen Anstrich im Wandschrank zu sorgen."

Na klar. Meine leichten Bleistiftstriche hatten ja auch einen großen Schaden angerichtet.

„Ich habe Sie engagiert, um mir zu helfen und nicht, um alles noch schlimmer zu machen", mischte sich diese wieder ein.

„Tut mir leid. Ich übernehme die volle Verantwortung."

Sie sah mich abweisend an. „Das war mir klar. Ich wünsche, dass Sie sofort von dem Fall meines Bruders abgezogen werden."

Das machte mir nun doch zu schaffen. So durfte

es nicht enden. Charles und ich mussten einen Weg finden, unser neues Wissen über die Größe des Killers dazu einzusetzen, um Brock zu entlasten. Seine Schwester konnte uns dabei ernstlich schaden.

Wie konnte ich ihr das erklären, ohne sie noch mehr gegen uns aufzubringen? Ich hatte keine große Hoffnung, aber versuchen musste ich es wohl. „Aber ...“

„Kein Aber. Sie lenken hier nur meinen Anwalt von der Arbeit ab und ruinieren das Haus.“

„Brocks Anwalt“, verbesserte ich, ohne nachzudenken.

Breanne steigerte sich weiter in Rage. Ein kräftiges Stampfen mit ihren hohen Absätzen auf dem gefliesten Küchenboden unterstrich ihren Befehl. „Von mir aus. Ich jedenfalls will Sie und Ihre therapeutische Menagerie hier nie wiedersehen. Und mit Mr. Thompson werde ich auch ein Wörtchen reden und zum Ausdruck bringen, wie sehr ich bisher von der Arbeit seiner Kanzlei enttäuscht bin.“

Ich schluckte und zwang mich, ruhig zu bleiben, obwohl ich ihr am liebsten meinen Verdacht ins Gesicht geschrien oder mich wenigstens verteidigen hätte können und sollen... Yo–Yo spürte die Spannung und fing in meinen Armen an, Breanne anzuknurren.

„Wieso glauben sämtliche kleinen Kläffer, sie müssten mich angreifen?", fragte sie noch, als sie uns alle zur Tür hinausschob. „Die Hausbesitzer hatten einen, der genauso war. Ein fürchterlicher Kerl. Ich weiß schon, warum ich nur Katzen mag."

„Hat sie jetzt wirklich gesagt, dass sie Katzen liebt?", hakte Octocat nach und beschleunigte seinen Schritt, um sich einschmeichelnd an den Knöcheln der Maklerin zu reiben. Mich überraschte dieses eindeutige Flirtverhalten völlig. „Ich glaube, ich mag sie", schnurrte er dabei wie ein gut geölter Motor.

Breanne bückte sich zu seinem gestreiften Köpfchen hinab und fing an, sein seidig glänzendes Fell zu streicheln, was sie offenbar auch selbst etwas beruhigte.

„Oh, ja! Ich mag sie sogar sehr!", bekräftigte er und legte sich auf die Seite, um ihr den Bauch entgegenzustrecken. So ein verdammter Verräter!

Sie seufzte. „Nun – vielleicht überlege ich mir das mit meiner Beschwerde bei Mr. Thompson noch einmal. Aber nur wegen diesem kleinen Schatz hier. Das ändert aber nichts daran, dass ich nicht will, dass Sie weiter an dem Fall arbeiten."

„Ich habe schon verstanden", war alles, was ich herausbringen konnte.

„Was ist da denn gerade abgelaufen?", wollte ich

von Octocat wissen, nachdem wir alle wieder sicher im Auto saßen."

„Wieso?" Er zuckte mit unschuldiger Miene mit den Schultern. Solange das Fahrzeug stand, war er die Ruhe selbst. „Manchmal braucht ein junger Mann eben etwas Aufmerksamkeit von einer attraktiven Dame. Ganz nebenbei habe ich dir damit den Hintern gerettet. Stimmt doch, oder? Also sei einfach froh und beschwere dich nicht."

Ich ächzte und konnte nur noch den Kopf schütteln. Wenn ich nicht aufpasste, kam da eine gewaltige Migräne auf mich zu.

„Was hat er denn?", meinte Charles mit einem Seitenblick auf den Kater.

„Vergiss es", konnte ich nur noch murmeln.

Glücklicherweise verfolgte er das Thema nicht weiter, fragte dann jedoch: „Was jetzt? Wo sollen wir hin? Ich finde, wir sollten ein letztes Mal mit den Tieren reden, aber im Büro geht das ja wohl schlecht."

„Da hast du recht, aber ich kenne einen besseren Platz. Bieg da vorne bitte links ab."

\* \* \*

Großmutter trug einen mit Rosen bedruckten Kimono, der ihr bis zu den Füßen reichte, als sie die Tür öffnete. Ihr schlohweißes Haar lief an der Kieferlinie in einem modischen Bob aus.

„Du siehst gut aus." Mit diesem Kompliment drängte ich sie zurück ins Haus. Bis vor sechs Monaten war das hier auch einmal mein Heim gewesen, aber dann hatte sie mich vor die Tür gesetzt und gemeint, es wäre höchste Zeit für mich, meinen eigenen Weg zu finden. Aber auch danach habe ich sie ständig besucht. Sie war nicht nur die Person, die mich aufgezogen hatte, sondern bis heute auch noch meine beste Freundin und der Mensch, dem ich auf der ganzen Welt am meisten vertraute.

Und aus exakt diesem Grund waren wir jetzt alle hier.

Beide Tiere folgten mir und ich stellte ihr Charles kurz vor, indem ich auf ihn zeigte: „Er ist der verantwortliche Anwalt für den Fall, bei dem du mir gestern geholfen hast."

Wow, konnte es wirklich sein, dass unser Besuch in der Druckerei erst so kurz zurücklag? *Unglaublich.*

„Er ist süß", fällte sie ihr Urteil und klimperte mit den Wimpern.

Charles blickte verschämt drein und wusste nicht recht, wo er hinschauen sollte, und das brachte mich zum Lachen. Großmutter war ja immer sehr direkt bei Männern, aber mehr aus Spaß und nicht wirklich, um mit jemandem anzubändeln. Seit Großvater vor mehr als zehn Jahren gestorben war und seinen Frieden gefunden hatte, war sie allein. Seitdem gab es in ihrem Leben keinen Mann mehr und es sollte mich sehr wundern, wenn sie für Charles da eine Ausnahme machen würde, egal wie umwerfend wir beide ihn auch fanden. Außerdem würde es wohl nicht lange dauern und sie brachte ihn, genau wie ich heute, gedanklich mit diesen Morden in Verbindung.

Sie schaute wieder mich an. „Also seid ihr sozusagen geschäftlich hier?"

„Allerdings. Bist du bereit, uns nochmals zu helfen?" Ich führte das Grüppchen ins Esszimmer, weil wir uns dort alle setzen konnten.

„Das musst du doch nicht extra fragen, Liebes, du kennst mich doch." Sie antwortete mir, machte dabei Charles aber immer noch schöne Augen. „Ich bin allzeit bereit für eine Schandtat."

Dieser wurde rot und hatte dem offensichtlichen Flirtversuch einer alten Dame nichts entgegenzusetzen. Von daher versuchte er abzulenken und zu unserem Thema zu finden: „Also, ich bin nicht sicher, aber ..."

„Du kannst Oma vertrauen", insistierte ich.

„Wenn ihr wollt, unterschreibe ich, dass ich nichts weitererzähle", fügte sie hinzu.

Charles fühlte sich kurz unsicher, gab aber schließlich nach. „Das wäre eine Möglichkeit. Haben Sie einen Drucker, wo ich ein paar entsprechende Zeilen rauslassen könnte?"

Großmutter führte ihn in ihr kleines Büro im ersten Stock. Dann kam sie zurück und wollte wissen: „Hast du ihm schon dein kleines Geheimnis verraten?" Dabei zeigten ihre Augen auf Octocat.

„Das war leider unvermeidlich", gab ich seufzend zu. Ein weiterer Punkt, weshalb eine engere Beziehung zu diesem Mann wohl nicht ratsam war.

Sie holte vorwurfsvoll tief Luft. „Das enttäuscht mich aber. Du solltest das nicht einfach so ausplaudern, Liebes. Ich hätte dich für klüger gehalten."

„Glaub mir, das war nicht freiwillig." Und dann erzählte ich ihr kurz, wie es dazu gekommen war, einschließlich des ganzen Erpressungsszenariums.

Als Charles mit dem Formular zurückkam, erhielt er von Großmutter einen heftigen Stoß gegen die Brust.

„Autsch", sagte er erstaunt. „Wofür war das denn nun?"

„Sie können froh sein, dass meine Enkelin so leicht vergibt. Wenn Sie bei ihr je wieder so eine

Erpressung versuchen, bekommen Sie es aber mit jemandem zu tun, der das nicht so schnell vergisst – nämlich mit mir!" Sie stellte sich auf Zehenspitzen und starrte ihm, trotz ihrer kleinen Statur, drohend direkt in die Augen.

„Wird nicht mehr vorkommen, gnädige Frau", beeilte er sich zu versichern und umklammerte jetzt vorsorglich das gedruckte Papier. Man hätte fast glauben können, dass diese kleine Person ihm tatsächlich Angst eingeflößt hatte.

Ich wollte jetzt endlich weiterkommen. „Genug davon. Lasst uns mit der Arbeit beginnen. Schließlich haben wir nicht unbegrenzt Zeit."

Charles leerte seine Tasche vor uns aus und sortierte die Papiere auf dem Tisch, während Groß-mutter sich daran machte, frischen Kaffee für uns zu brühen. Ich nutzte die Zeit, um in ihrem Büro schnell die Fotos auszudrucken, die wir im Haus der Hayes gemacht hatten.

Als ich zurückkam, saß Octocat mitten auf dem Tisch und hatte mit seinem zuckenden Schwanz bereits ein heilloses Durcheinander veranstaltet.

„Von mir lässt er sich nicht anfassen", sagte Charles stirnrunzelnd.

„Ich muss das tun, um dich dazu zu bringen, mich vor Dumm-Dumm zu beschützen", erklärte mein Kater. „Ich will nicht, dass du vor lauter Arbeit völlig die liebenswerte Katze vergisst, die das alles hier überhaupt erst möglich gemacht hat."

Ach ja. Er war ja so bescheiden. Und stur natürlich sogar noch mehr.

„Was habe ich dir gesagt, was passiert, wenn du Yo-Yo weiterhin dumm nennst?"

Er wehrte nur müde ab. Keine Spur einer Entschuldigung. „Hey, ich kann doch nichts dafür, dass er so ist, wie er heißt?"

„Ganz wie du meinst. Wenn du uns nicht hilfst, helfen wir dir eben auch nicht. Hey, Yo-Yo!", rief ich, nahm den Kater hoch und setzte ihn auf den Fußboden, damit ihm der Terrier noch ein paar nasse Schmatzer aufdrücken konnte.

Octocat kreischte entsetzt, stellte den Schwanz auf und floh in die Küche, wobei er fürchterlich fluchte.

Ein paar Minuten später kam er auf Großmutters Armen zurück. Sie streichelte ihn und fragte mich vorwurfsvoll: „Was habt ihr denn mit dem armen Tierchen gemacht?"

„Mit dem musst du kein Mitleid haben", versicherte ich ihr. „Er ist nicht das arme Opfer, wie er dich gerne glauben machen möchte."

„Also weißt du ... er ist doch nur ein unschuldi-

ges, kleines Kätzchen", verteidigte sie ihn und über-
häufte ihn mit Küssen. Obwohl sie nicht wirklich mit
ihm reden konnte, so wie ich, verstanden sich die
beiden meistens prächtig. Wie jetzt zum Beispiel.

Charles konnte ein Kichern nicht unterdrücken.
„Wie fühlt man sich, wenn der Spieß umgedreht
wird, *hmm*?"

Octocat lachte mit – aber es klang nicht freundlich. „Deine Oma mag mich mehr als du", zog er
mich auf. Und besaß sogar noch die Frechheit, mir
dabei seine kleine, rosa Zunge herauszustrecken.

Großmutter setzte ihn wieder auf dem Tisch ab
und ging zurück in die Küche, um den Kaffee zu
holen.

„Merkst du was?", fragte er. „Wenn du mich nicht
mehr zu schätzen weißt, finde ich schon jemanden,
der es tut."

Ich hob ihn erneut auf, um ihn wieder Yo-Yo
auszuliefern, aber Großmutter kam dazwischen. Sie
schimpfte mich aus. „Du lässt diesen lieben Kerl jetzt
in Ruhe. Er ist doch so ein guter Kater."

Octocat grinste nur und lief sofort wieder zu ihr,
wo er sich an ihre Brust drückte und unerträglich
laut schnurrte.

„Und übrigens, das hier habe ich unterschrieben".
Damit gab sie Charles das Dokument mit der

Verschwiegenheitserklärung zurück. „Jetzt können Sie mich ja wohl in die Details des Falles einweihen."

Ich atmete noch einmal tief durch und übernahm es, sie ins Bild zu setzen.

„*Oha*", meinte sie, als ich fertig war. „Da habt ihr euch ja echt was eingebrockt, aber vielleicht habe ich eine hilfreiche Idee."

Ich konnte kaum erwarten zu hören, worum es sich dabei handelte.

**14**

A lle Augen waren auf Großmutter gerichtet, selbst die von Yo-Yo, obwohl ich mir nicht vorstellen konnte, dass er überhaupt begriff, worum es hier ging.

„Nun, ich denke mir das so …", sagte meine exzentrische Oma und nahm auch noch den Yorkie auf ihren Schoß, sehr zum Missfallen meiner Katze.

Er schlitterte auf dem Tisch zurück zu mir. „Igitt. Hundebazillen", warnte er mich mit übertriebener Geste.

„Ich glaube", fuhr sie fort, während sie sich in einer Art Baby-Sprache dem Terrier zuwandte, „dass noch niemand sich ernsthaft um diesen kleinen Kerl hier Gedanken gemacht hat. Ihr bringt ihn in die unmöglichsten Situationen und erwartet, dass er abliefert. Hat schon mal einer versucht, sich in seine Lage zu versetzen? Was ist Schlimmes dabei, erst einmal ein wenig auf ihn einzugehen, um ihn aufzubauen? Danach wäre er bestimmt auch in der Lage ...“

Bevor sie den Satz zu Ende brachte, dachte sie über die beste Formulierung nach. „Euch das zu erzählen, was ihr wissen wollt?“, schlug sie dann mit einem seltsamen Lächeln vor.

Charles und ich sahen einander an. Schließlich sagte ich „Schaden kann ein Versuch jedenfalls nicht.“ Eigentlich hätte ich es vorgezogen, Großmutter hätte sich mehr mit uns auf die Fotos und Akten konzentriert, aber wenn sie es anders haben wollte, mussten wir das akzeptieren. Ihr Verhalten erinnerte mich fast an Yo–Yo selbst.

„Fein.“ Meine Oma hielt den Terrier immer noch zärtlich an sich gepresst. „Also ihr kümmert euch wieder um eure scheußlichen Fotos, und ich werde das Gleiche mit unserem Hauptzeugen tun.“

„Nun, genau genommen wissen wir gar nicht, ob er etwas gesehen hat. Es wäre durchaus möglich, dass ...“, korrigierte Charles sie, gab jedoch schnell auf, als ich nach seinem Handgelenk griff und stumm den Kopf schüttelte.

„Lass sie einfach ihr Ding machen, und wir

machen unseres", bat ich ihn. „Jetzt hilf mir einmal, die Zeugenaussagen aller weiblichen Beteiligten herauszusuchen – Polizistinnen, Augenzeugen, Freunde, Nachbarn, Kolleginnen – alles, was wir haben."

Wir wühlten uns durch die Unterlagen. Nicht einmal fünf Minuten später fanden wir, was wir suchten.

„Super", lobte ich uns. „Gibt es bei den Männern in diesem Umfeld nachweislich welche mit meiner Größe oder sogar noch kleiner?"

Charles dachte nach und reichte mir dann noch ein paar Blätter. „Der hier könnte passen. Er war ein Kollege von Bill in der Druckerei. Und eventuell auch dieser hier, ein angeblicher Interessent bei der Hausbesichtigung.

Alle Papiere wurden jetzt abschließend von mir nach Gruppen sortiert. Da gab es einen Stapel mit Kollegen, einen mit Leuten, die das Haus von innen gesehen hatten und einen weiteren, der die Familienmitglieder umfasste. Und schließlich noch die Gruppe „Gemischtes". Das konnten Polizisten, Spurensicherer oder Nachbarn sein, die befragt worden waren – oder eben jeder, der nicht in die anderen Kategorien passte. Bei den meisten handelte es sich nicht um offizielle Dokumente, sondern eher um Notizen, die Charles selbst nach eigenen Recherchen zusammengestellt hatte, noch bevor ich involviert war.

„Zeit für Tabula rasa", sagte Charles schließlich. „Jetzt gilt es, die Stecknadel im Heuhaufen zu finden". Er nahm sich zuerst den Stapel „Kollegen" vor. In der nächsten Stunde wurde jede Person von uns nach möglichem Motiv, Gelegenheit, Alibi, Körpergröße usw. abgecheckt. Diejenigen, die dabei in mehr als einem Punkt auffällig waren, markierten wir mit einem Sternchen für die zweite Runde.

Schließlich blieben genau zwei Personen als Hauptverdächtige übrig: die Tochter, Michelle, und die Maklerin, Breanne Calhoun.

Ich stöhnte leise auf und lehnte mich auf meinem Stuhl zurück. „Ich hätte mir ja auch ein anderes Ergebnis gewünscht, aber so wie die Dinge nun mal stehen, kommen nur diese beiden in Frage", fasste ich unsere mühevolle Arbeit zusammen.

Charles verschränkte die Arme, schüttelte den Kopf und sah mir direkt in die Augen, bevor er unsere – wohl eher meine – Hauptverdächtige verteidigte. „Das kann nicht sein. Ich weiß auch, dass Breanne manchmal ein Biest ist, aber einen Doppelmord traue ich ihr einfach nicht zu. Keine Chance."

„Wenn du meinst", entgegnete ich nur. Für mich

blieb sie verdächtig. Andererseits hatte ich bei meinem letzten Fall schmerzlich lernen müssen, dass man sich nicht einfach festbeißen darf. Beim Mord an Ethel Fulton war ich so fest überzeugt davon gewesen, den Killer zu kennen, dass ich nicht mehr nach links oder rechts sah. Am Schluss brachte mich das damals in Lebensgefahr.

Aber auch, wenn man stur neutral und ergebnisoffen urteilte, passte alles, was ich gesehen oder gehört hatte, zu einer Verurteilung Breannes. Vielleicht musste ich Charles nur etwas mehr Zeit lassen, sein Zögern aufzugeben und die Dinge aus meiner Warte zu sehen.

„Okay, also lass uns nochmals die Tochter durchleuchten. Wie erklärst du dir, dass sie mehr oder weniger komplett vom Radar verschwunden ist?"

„Verschwunden ist der falsche Ausdruck." Schon wieder wehrte er sich gegen seine eigenen Suchergebnisse. Wenn das so weiterging, konnten wir auch gleich alles hinschmeißen.

„Sie antwortet einfach nicht auf unsere Anrufe." Nun begann er auch noch, mit dem Stift auf den Tisch zu trommeln. Das ging mir schnell auf die Nerven.

„Meinetwegen auch das. Also – wo steckt sie

dann?" Ich nahm ihm den Stift weg und legte ihn außerhalb seiner Reichweite ab.

Er stöhnte leicht und verschränkte die Hände. „Na, in ihrem College im Norden des Landes".

„Dann schätze ich mal, wir haben eine längere Autofahrt vor uns? Oder fällt dir sonst noch etwas ein, um hier weiterzukommen?"

„Das wäre doch pure Zeitverschwendung", erwiderte er nur, begleitet von einem weiteren, leisen Stöhnen."

„Charles, wir haben zu diesem Zeitpunkt nichts anderes in der Hand; wir müssen einfach fahren. Für Brock." Meine Worte waren so eindringlich, dass er nicht anders konnte, als zuzustimmen.

„Na gut. Für Brock", gab er sich geschlagen.

„Fein." Wirklich überzeugt klang das allerdings nicht. Etwas mehr Enthusiasmus hätte auch mir gutgetan. „Ich schaue mal, was Großmutter und Yo-Yo so treiben. Aufstehen, Octocat", stupste ich meinen Kater an und unterbrach dadurch sein Schläfchen. „Komm mit".

„Sind wir bei all dem Durcheinander endlich weiter?", wollte er laut gähnend wissen.

„Kann nicht mehr lange dauern", antwortete ich vorsichtshalber diplomatisch.

Charles war auch schon müde und legte die Stirn auf den Tisch, während wir uns entfernten.

„Oh, Hi, meine Lieben!", rief im Vergleich dazu sehr munter meine Oma, als wir uns zu ihr gesellten. „Yo–Yo und ich haben uns prächtig amüsiert und gut kennengelernt, nicht wahr, mein Junge?"

Der Terrier bellte zur Bestätigung und wurde sofort überschwänglich von ihr gelobt.

„Jetzt ist sie aber in meiner Achtung ziemlich weit abgerutscht", kommentierte Octocat träge die Szene. „Es ist immer ein Jammer, wenn ein guter Mensch der Hundefalle zum Opfer fällt. Ich muss schon sagen, gerade von ihr hätte ich diesen Verrat am wenigsten erwartet. Von dir vielleicht, aber niemals von deiner Großmutter."

„Sie hat nicht die Seiten gewechselt", versicherte ich ihm. „Sie versucht lediglich, uns zu helfen."

„Das sagst du nur, um sie zu verteidigen", beschwerte er sich weiter und schüttelte angewidert den Kopf.

„Ist alles okay?" Oma hatte wohl mitbekommen, dass der Kater verstört war.

„Keine Sorge. Das renkt sich bald wieder ein." Um seine Aufmerksamkeit wiederzubekommen, rief ich etwas lauter als nötig: „Stimmt doch, Octocat, oder?"

„Was ist los?", jammerte er zurück und leckte sich die Pfoten.

„Du musst dein Bad verschieben", schimpfte ich. „Schließlich sind wir hierhergekommen,

um herauszufinden, ob Yo-Yo uns noch etwas sagen kann. Kannst du ihn das jetzt bitte fragen? Ob er sich an irgendetwas Neues erinnert?"

„Nein. So nicht!", mischte sich Großmutter wieder ein und fuhr fort, den Terrier zu tätscheln. „Sag ihm, seine neue Freundin, nämlich ich, möchte gerne wissen, ob jemand seiner Familie etwas angetan hat und ob er uns etwas darüber erzählen kann."

„Ich kotze gleich!" Octocat schüttelte sich, bevor er unserer Aufforderung nachkam und laut rief: „Hey, Dumm-Dumm!"

Sofort wollte der Yorkie wieder nach ihm schnappen. Es war keine gute Idee, ihn mit diesem scheußlichen Spitznamen zu bedenken.

Octocat wiederholte unbeeindruckt exakt die Worte meiner Großmutter. Das brachte das Tierchen dazu, sich erneut winselnd in deren Schoß zu flüchten, immerhin dieses Mal, ohne zu kläffen. Das schien mir ein gutes Zeichen dafür zu sein, dass wir Fortschritte machten.

Meine Katze nickte gelangweilt, während sie Yo-Yo zuhörte, der, offenbar traurig, zu erzählen anfing.

Als die Unterhaltung beendet schien, war Octocat selbst überrascht. „Wow, ich hätte nicht gedacht, dass das wirklich funktioniert."

Ich setzte mich vor Aufregung noch gerader hin. „Ich bin ganz Ohr?"

„Er behauptet, in dieser Nacht war es ziemlich dunkel, aber er wüsste noch genau, dass die Person, die seinen Papa und seine Mama verletzte, rotes Haar hatte. Außerdem will er wissen, wann er endlich wieder zu seiner Familie darf."

Der arme Kerl hatte noch immer nicht verstanden, dass es keinen Weg zurückgab. Wir allerdings hatten jetzt alles, um das Puzzle zusammenzusetzen. Rotes Haar konnte nur eines bedeuten …

„Also doch! Es war Breanne! Habe ich es doch gewusst!", rief ich triumphierend aus.

„Gutes Kätzchen", lobte ich Octocat noch, bevor ich zu Charles ins Esszimmer ging.

„Nenn mich nicht Kätzchen!", moserte er noch hinter mir, aber an seinem zufriedenen Tonfall merkte man, dass es ihm nur ums Prinzip ging. Er musste nur einschreiten, um künftige Vergehen dieser unerwünschten Art gleich im Keim zu ersticken.

„Hast du das mitbekommen?" Ich stützte meine Hände auf dem Tisch ab und blickte Charles herausfordernd an. Dieser lag ja nun scheinbar falsch mit seinem Urteil und machte einen geknickten Eindruck.

„Du bist dir also sicher, dass sie es war. Warum?" Dabei hob er den Kopf und eine Seite der Dokumente blieb auf seiner Backe kleben.

„Yo-Yo weiß immer noch nicht, dass die Hayes tot sind, aber er hat mitbekommen, dass ihnen etwas zugestoßen ist. Er behauptet, dass es spät in der Nacht war und daher dunkel. Das deckt sich mit unserem Wissen über das Verbrechen."

Schließlich gelang es mir, seine volle Aufmerksamkeit zu bekommen, und auch er wirkte nun aufgeregt. „Und weiter?"

„Der Terrier gibt zu, dass er nicht viel sehen konnte, aber er ist sich sicher, dass die Person, die es getan hat, rote Haare hatte. Das passt doch eindeutig zu Breanne?"

„Dann sieh mal hier." Mit diesen Worten zog er sein Handy heraus und scrollte durch die vielen Fotos. Als er mir dann eine Aufnahme zeigte, sah ich eine junge Frau, ebenfalls mit roten Locken. Irgendwie kam sie mir bekannt vor, auch wenn ich nicht sicher war, sie jemals zuvor gesehen zu haben.

„Wer soll das sein?", verlangte ich zu wissen.

„Das ist Michelle Hayes."

*O nein.*

Wir starrten uns einen Moment an, dann argumentierte ich stotternd: „Aber die hätte Yo-Yo, der sie regelmäßig sah, doch sicher erkannt?"

Charles runzelte die Stirn. „Nicht zwingend. Schon gar nicht, wenn er selbst sagt, dass es zu dunkel war, um genaueres erkennen zu können."

„Und was jetzt?" Ohne es zu merken, kaute ich vor lauter Anspannung schon wieder auf meinen Nägeln herum.

Aus dem anderen Zimmer rief Großmutter herüber: „Also müsst ihr eben hinfahren!"

Charles nickte. „Sie hat recht. Es ist schon deshalb wichtig, weil es die letzte Möglichkeit ist, deine Mutter von der negativen Reportage abzuhalten."

Dagegen gab es nichts einzuwenden. Obwohl ich selbst noch kurz zuvor darauf bestanden hatte, ihr einen Besuch abzustatten, überkam mich jetzt regelrecht Panik bei dem Gedanken, sie könnte die tatsächliche Mörderin sein.

Am nächsten Morgen wachte ich noch vor Octocat auf. Ich konnte mich nicht erinnern, dass das schon jemals passiert war. Der Alarm meines Telefons schmiss mich pünktlich um sechs Uhr dreißig raus und ich weckte ihn sanft, damit wir uns beide für die lange Reise fertigmachen konnten.

Rückblickend hätte ich mir gewünscht, wir wären die Nacht vorher früher zu Bett gegangen. Aber dann war noch meine Mutter bei Großmutter aufgetaucht und wir wollten, dass sie schon einmal alles erfuhr, was wir bis jetzt herausgefunden hatten. Und natürlich ihre Meinung dazu hören.

Schließlich meinte auch sie: „Ich muss zugeben,

es sieht wirklich danach aus, als ob ihr recht hättet und Brock es vielleicht doch nicht gewesen ist."

Sie bot an, die Story nochmals zurückzustellen, aber ich versicherte ihr, dass das nicht nötig sei. Wir würden dieses Rätsel noch vor Ausstrahlung der Sechs-Uhr-Nachrichten gelöst haben. Und sie sollte dann grünes Licht bekommen, als Erste darüber zu berichten.

Charles war nicht bereit, meinen Optimismus zu teilen. Immerhin kamen wir überein, dass auch er schon im Morgengrauen zur Abfahrt bereitstand. Der Weg zu Michelles College war lang, jedoch notwendig, wenn wir sie persönlich befragen wollten. Nur so konnten wir hoffen, endlich Antworten auf die noch offenen Fragen zu bekommen.

Wie vorauszusehen war, war Yo-Yo der Einzige, der frisch und gut gelaunt die Reise antrat. Wir hatten ihn aber zur Sicherheit noch gar nicht eingeweiht, dass wir zu seiner menschlichen Schwester wollten.

Octocat hatte ich angeboten, zu Hause auf uns zu warten. Komischerweise bestand er darauf, an der Aktion teilzunehmen. Mir war das eigentlich nicht recht – schließlich wusste ich ja, dass er keine langen Autofahrten vertrug, aber auf dieses Argument würde er wohl nicht hören. Also griff ich zu einer kleinen Notfallmaßnahme und mischte ihm, mit seiner Einwilligung, ein paar Beruhigungstabletten unter sein Frühstück. Der Tierarzt hatte ihm die einmal verschrieben und wir alle waren dankbar, dass er damit die meiste Zeit im Auto ruhiggestellt war.

Wenn er nicht gerade damit beschäftigt war, mich zu beleidigen, mit den Krallen zu verletzen oder mein Leben generell zu kritisieren, sah er wie ein richtiger kleiner Engel aus. Ich hatte ihn im Verdacht, dass er inzwischen unsere kriminalistische Detektivarbeit sogar genoss. Abgesehen vermutlich von den Aktionen, an denen ein Hund beteiligt war.

Sogar Großmutter bestand darauf mitzukommen. Zum einen war sie neugierig, zum anderen wollte sie Yo-Yo zur Seite stehen – falls dieser einen Freund bräuchte. Ich fing an, mich zu wundern, weshalb ich die Fähigkeit hatte, mit Tieren zu sprechen, wo sie doch offensichtlich so viel besser verstand, wie sie tickten.

Obwohl ich mich aufrichtig bemühte, schnarchte ich einen guten Teil der Fahrt mit Octocat um die Wette. Mir fehlte Bethanys Kaffee. Meine eigene Maschine hatte ich nach dem Stromschlag damals entsorgt, aus Angst, etwas Ähnliches könne wieder passieren. Wer weiß? Vielleicht wäre ich beim nächsten Mal als „Miss Superwoman" aufgewacht? Glücklicherweise brauchten Charles und Großmutter mich gar nicht. Sie schienen sich auch ohne mich blendend zu unterhalten und so konnten sich Octocat und ich gemeinsam auf der Rückbank ungestört unserem Schönheitsschlaf hingeben.

„Aufwachen, du Schlafmütze!", hieß es dann aber irgendwann doch. Großmutter schüttelte mich sanft. Als ich die Augen öffnete, stand die Sonne, die bei der Abfahrt noch nicht zu sehen gewesen war, schon ziemlich hoch am Firmament.

„Wir sind da", meinte Charles lakonisch, während er den Wagen in die Parkbucht vor dem College lenkte.

„Was genau habt ihr denn jetzt vor?", wollte Großmutter wissen und hielt sich an unseren Sitzen fest.

„Habt ihr das während der Fahrt noch gar nicht geklärt?" Ihre Frage irritierte mich. Wenn ich gewusst hätte, dass sie nur Smalltalk machen, hätte ich mir nie erlaubt einzunicken und stattdessen lieber meinen Job erledigt.

„Diese Strecke ist um die Jahreszeit wunderschön", stellte Oma fest. „Wir haben die Fahrt so genossen, dass wir ganz vergessen haben, warum wir eigentlich unterwegs sind. Außerdem bist du doch diejenige, die sich eh ständig Sorgen macht? Also solltest du einen Plan ausarbeiten."

Ich schlug mir mit der Hand auf die Stirn. „Das habe ich jetzt davon. Ich hätte wohl nicht schlafen dürfen".

Octocat erwachte ebenfalls und gähnte mir voll ins Gesicht. Dabei stieg mir sein Thunfischatem direkt in die Nase – und das war mindestens so effektiv wie ein doppelter Espresso, um mich hellwach zu kriegen.

„Das College ist nicht groß. Ich schätze mal, wir fragen uns einfach durch", beschloss ich. Als Plan konnte man das wohl kaum bezeichnen? Dann fiel mir ein, dass wir ja einen kleinen Joker dabeihatten. „Vielleicht kann Yo-Yo mit seiner feinen Nase sie ja für uns finden? Ihren Geruch kennt er ja bestens."

Bevor Charles sich dazu äußern konnte, hatte mein Kater die Frage schon an den Terrier weitergegeben, der diese Idee mit Begeisterung aufgriff.

„Er freut sich darauf", verriet mir Octocat, während er Beine und Wirbelsäule nochmals dehnte, um richtig wach zu werden. Erstaunlicherweise beließ er es bei einem einzigen Fauchen, als ich ihm wieder das ungeliebte Geschirr anlegte. Da hatte Großmutter mit Yo-Yo schon mehr Probleme. Der schmiss sich unaufhörlich von innen gegen die Autotür, weil er wollte, dass es endlich losging. Er freute sich darauf, Michelle zu sehen, so viel war klar.

Nachdem beide Tiere fest angeleint waren, stiegen wir aus. Während wir über den Campus marschierten, ging mir durch den Kopf, dass wir wohl auf diesem Gelände ein sehr seltsames Grüppchen abgaben. Es war gerade erst neun Uhr und wir waren noch so ziemlich unter uns, aber die paar Leute, die uns begegneten, schauten uns verblüfft hinterher.

Ich lächelte jeden entgegenkommenden Fußgänger an, aber nach der vierten oder fünften Person, die uns grußlos anstarrte, hatte ich genug.

„Was ist schon dabei, wenn ich meine Katze an der Leine ausführe?", rief ich selbstbewusst. Mir kam unser Aufzug ja selbst sonderbar vor; da brauchte es gar keine weiteren stummen Kommentare der anderen. „Sie will eben auch an die frische Luft. Warum sollen das nur Hunde dürfen?"

Octocat war begeistert und machte ein paar Freudensprünge, während er neben mir herlief. „Ja! Ja! Jetzt zeig es ihnen. Endlich hast du es begriffen!"

Yo-Yo dagegen stoppte abrupt und nahm Witterung auf. Wie ein Jagdhund stellte er die Nase in eine bestimmte Richtung. Das hatte ich schon einmal erlebt, nämlich als er das Schild der Maklerin entdeckt hatte. Dieses Mal nahm er ein dreistöckiges Wohngebäude ins Visier, das gegenüber von einem gepflegten Rasenstück stand.

Dann bellte er zweimal kurz und wartete.

„Er meint, Michelle wäre in diesem Gebäude", klärte uns Octocat auf. Ausnahmsweise hätten wir das auch einmal ohne seine Hilfe verstanden.

Ich fragte die anderen: „Könnte das ein Studentenwohnheim sein?"

Charles joggte an die Vorderseite, kam zurück und bestätigte meine Vermutung. „Ja, du hast recht." Dabei merkte man ihm keinerlei Anstrengung von dem schnellen Lauf an.

Als der Yorkie anfing zu wimmern und ungeduldig an der Leine zu ziehen, war klar, dass er es eilig hatte, zu seiner Menschenschwester zu kommen.

„Also gut. Ich gehe mit Yo-Yo", erklärte Großmutter bestimmt und wollte schon losmarschieren.

„Moment bitte. Warum Sie?", verlangte Charles zu wissen.

„Ganz einfach. Keiner von uns ist verwandt mit ihr. Wir können aber annehmen, dass die Sicherheitsleute, die hier bestimmt auf dem Gelände patrouillieren, am ehesten noch eine freundliche, alte Dame tolerieren. Euch dagegen würde man sicher fragen, was ihr hier zu suchen habt". Als keiner ihr widersprach, ging sie einfach los und stellte nur noch kurz sicher: „Unsere Zielperson heißt Michelle Hayes, richtig?"

*Die Zielperson?* Was sollte das denn? Hatte sie zu viele Krimis geschaut? Sie wurde ja zu einem richtigen Profi.

Jetzt, nachdem ich wach genug war, um wieder klar denken zu können, fiel mir auch auf, dass sie sich offenbar auf diese Aufgabe richtig gut vorbereitet hatte. Es war bestimmt kein Zufall, dass sie heute ein altbackenes, unscheinbares Kostüm mit dazu passendem, gehäkelten Schal und einer hochgeschlossener Bluse gewählt hatte. Ihre Garderobe war was dermaßen altmodisch, dass ich ihre pure Absicht dahinter leicht erkennen konnte. Sie hatte das schon zu Hause sorgfältig geplant, ohne uns einzuweihen, damit wir ihr nicht da schon den Alleingang verbieten konnten.

Aber genau das wollte ich jetzt auch tun.

„Kommt nicht in Frage. Ich gehe mit." Damit drückte ich Charles Octocats Leine in die Hand und wollte ihr nachlaufen. Er jedoch hielt mich an der Schulter zurück.

„Sie hat völlig recht. Wir warten hier auf ihre Rückkehr oder bis wir gerufen werden."

Meine Oma nickte ihm zu, und er erwiderte die Geste.

Da blieb mir dann auch nichts anderes mehr übrig, als zuzusehen, wie sie sich endgültig auf den Weg machte. „Bist du sicher, dass sie dich mit dem Hund durchlassen?", rief ich ihr noch nach.

„Das werden wir gleich wissen", kam es zurück. Dann war sie auch schon hinter der Hausecke in Richtung Eingang verschwunden.

„Das Ganze gefällt mir einfach nicht", schmollte ich. „Und sowieso glaube ich nicht, dass Michelle etwas damit zu tun hat."

„Das musst du nicht dauernd erwähnen. Deine Meinung kenne ich ja schon," entgegnete er mit leichtem Unmut.

„Es geht nicht darum, dass ich es unbedingt Breanne in die Schuhe schieben will. Aber das hier ist doch verrückt. Wer würde denn seine eigenen Eltern töten? Und hätte Yo-Yo dann nicht seine eigene Schwester erkannt?"

„Das kann ich dir nicht beantworten, aber vielleicht denkst du mal daran, dass du auf diesem Trip bestanden hast", entgegnete er kühl.

„Weil wir nur so Michelle eventuell von der Liste der Verdächtigen streichen können. Vielleicht kann sie uns sogar Hinweise geben, die auf Breanne hindeuten", verteidigte ich mich. Ja, ich wusste, dass ich nicht schon wieder voreilig urteilen durfte. Das letzte Mal, als ich das tat, kam ich schwer in Bedrängnis und schwor mir, daraus zu lernen. Aber das hier war doch jetzt etwas anderes? Yo-Yo hatte die Maklerin schon mehr oder weniger identifiziert, und sie war außerdem die einzige Person auf der ganzen Welt, die er nicht leiden konnte. Das musste mehr als nur Zufall sein.

Trotzdem war Charles noch keineswegs überzeugt. „Wir werden ja sehen", meinte er mit einem Achselzucken."

„Allerdings. Und zwar bald."

Danach waren wir ziemlich schweigsam, während wir auf Großmutters Rückkehr warteten. Ich konnte nur beten, dass Michelle sich kooperativ zeigte und wir diesen Fall endgültig lösen würden.

Uns lief die Zeit davon ...

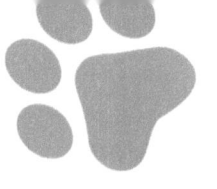

# 16

roßmutter ließ uns nicht lange warten. Als sie zurückkam, war sie in Begleitung einer sommersprossigen, jungen Dame, die einen mit Cartoon-Gesichtern bedruckten Pyjama trug. Die feuerroten Haare standen ihr wild zu Berge.

„Hallo meine Lieben. Darf ich vorstellen? Das ist Michelle Hayes", erklärte sie stolz.

„Ja. Stimmt. Allerdings hat mich seit der Grundschulzeit niemand mehr Michelle gerufen", bestätigte die Studentin, bevor sie Yo-Yo einen kleinen Kuss auf sein strubbeliges Haupt gab. Der kleine Hund war deutlich sichtbar im siebten Himmel, als Mitch weiter mit ihm schmuste.

„Danke erst einmal, dass du herausgekommen bist, um mit uns zu reden", sagte Charles, und begrüßte sie per Handschlag. Die hatte große Mühe, mit dem aufgeregten Hund auf dem Arm die Geste zu erwidern.

„Warum hast du denn unsere Anrufe nicht angenommen?", wollte ich jetzt trotzdem gleich einmal wissen. Das war vielleicht ein wenig unfreundlich von mir, aber keiner von uns konnte darauf jetzt noch Rücksicht nehmen. Schließlich hatten wir keine Zeit zu verschwenden und mussten auf den Punkt kommen. Uns saß nach wie vor der Sendetermin meiner Mutter im Nacken.

Das Mädchen hob entschuldigend die Schultern. „Ich habe mein Telefon vor ein paar Wochen versehentlich in die Toilette fallen lassen. Nachdem ich sowieso fast immer mit meinem Computer oder dem Tablet arbeite, war es mir bisher nicht wichtig, es zu ersetzen."

„Aber seitdem haben doch bestimmt sehr viele Leute versucht, dich zu erreichen?" Charles ließ nicht locker.

„Ehrlich gesagt hatte ich es satt, dauernd von Leuten mit Beileidsbekundungen bombardiert zu werden. Dadurch wurde ich nur ständig daran erinnert, dass meine Eltern tot sind." Sie vergrub ihr Gesicht in Yo-Yos Fell und murmelte: „Ich will wohl einfach nichts mehr über den kaltblütigen Mord hören."

„Großmutter nahm sie in den Arm und zog sie an sich. Zu uns meinte sie: „Ihr könnt die Daumenschrauben jetzt wieder einpacken. Michelle muss uns nicht helfen, aber hat sich trotzdem freiwillig angeboten, es zu tun."

„Das wissen wir ja auch zu schätzen. Vielen Dank, Mitch." Ich setzte mein schönstes Lächeln auf, um ihre Sympathie zu gewinnen.

Sie senkte den Blick auf den Boden. „Also glauben Sie wirklich, dass dieser Brock unschuldig sein könnte?"

Ich legte ihr vorsichtig die Hand auf die Schulter und wartete ab, bis sie mich ansah. „Inzwischen ist das keine Frage des Glaubens mehr. Wir sind uns sicher."

Sie zitterte unter meiner Hand und ihr Gesicht wurde blass. „Aber das würde ja bedeuten, dass, wer immer es war, noch frei draußen herumläuft."

Ich ließ sie los und stimmte ihr zu. „Davon gehen wir aus."

„Wie kann ich Ihnen denn dann helfen?" Mitch hatte sich wieder gefasst.

„Lasst uns alle hier hinsetzen." Charles deutete auf eine halbhohe Mauer. „Wir hoffen einfach, dass du uns noch weitere Hinweise auf eine bestimmte Person geben kannst, um den Killer festzunageln."

Die arme Mitch wirkte jetzt etwas verloren. „Aber meine Aussagen kennen Sie doch längst, oder? Ich habe der Polizei bereits wirklich alles erzählt, was mir dazu einfiel."

„Das glauben wir dir, aber seitdem haben wir ja auch wieder einiges herausgefunden. Können wir dir bitte dazu noch ein paar gezielte Fragen stellen?" Jetzt ging auch er behutsamer vor. Ich hoffte nur, dass er nicht vorhatte, ihr die Tatortfotos zu zeigen, als er jetzt in seine Tasche griff. Das durfte er ihr nicht antun.

Aber noch bevor er fand, wonach er suchte, füllten sich die großen blauen Augen des Mädchens mit dicken Tränen.

Das rief erneut Großmutter auf den Plan, in ihrer Beschützerrolle. „O mein Gott, jetzt lasst ihr doch Zeit. Ihr seht doch, wie sie das alles mitnimmt." Dabei drückte sie den Kopf von Mitch fest an ihre Schulter. „Du darfst hier so lange weinen, wie du willst. Das verstehen wir doch alle. Ich passe auch auf dich auf."

Yo-Yo winselte, leckte seiner Schwester übers Gesicht und wedelte zögerlich mit dem Schwanz.

Ich war noch dabei, mir zu überlegen, welche

Fragen wir stellen konnten – und vor allem wie am besten –, da machte Octocat auf sich aufmerksam, indem er mich mit der Pfote antippte.

„Entschuldige bitte." Die ungewohnt höfliche Ansprache verriet mir gleich, dass er etwas Wichtiges vorbringen wollte. „Dumm-Du ... – ich meine, *der Hund* – sagt, er wüsste nun wieder, wer seine Eltern angegriffen hat. Und er glaubt jetzt auch, dass sie vielleicht sogar tot sein könnten."

„Er erinnert sich?", fragte ich laut und hastig, ohne daran zu denken, dass Mitch uns neugierig beobachtete. „Er meinte doch, es war viel zu dunkel."

„Stimmt schon, aber riechen konnte er ja trotzdem. Und jetzt ist ihm wieder eingefallen, zu wem der Geruch passt", erklärte Octocat weiter.

Yo-Yo sah mir ebenfalls direkt in die Augen und gab ein bestätigendes, dringendes Bellen von sich.

„Also was jetzt? Kann ich ihm endlich die traurige Wahrheit mitteilen?", flüsterte mir mein Kater nun zu.

„Welche Wahrheit? Ach so, du meinst, dass die Hayes tot sind. Ja, ich denke, das sollten wir ihm jetzt schonend beibringen."

Octocat sprach sehr ruhig und mitfühlend mit dem kleinen Hund. Danach erwartete ich wieder das unvermeidliche Kreischen und die verrückten

Fluchtversuche, aber diesmal gab er nur ein leises Wimmern von sich und suchte Trost bei Mitch.

„Wieso dreht er nicht wieder durch?", fragte ich meine Katze.

Octocat hatte eine fast respektvolle Haltung angenommen. Dessen konnte ich mir zwar nicht sicher sein, da ich das so noch nie bei ihm erlebt hatte und vermutlich auch nie wieder erleben würde, aber so deutete ich zumindest seinen Gesichtsausdruck.

„Er will sich zusammenreißen, um das Mädchen nicht weiter zu belasten", verriet er mir.

Ich legte eine Hand auf meine Brust und war gerührt. „Ach nein. Das ist ja so lieb von ihm."

Octocat zog seine kleinen Schultern hoch. „Ja, Hunde sind bestimmt nicht die schlauesten Tiere, aber dafür sehr loyal. Das muss man wohl oder übel anerkennen."

Yo-Yo schleckte Michelle noch ein paar Mal tröstlich ab, bevor er sich wieder aus ihren Armen befreite und neben mich setzte. Eine kurze Kaskade mit Bellen folgte, und danach sah er mich erwartungsvoll an, während er weitersprach.

„Nochmal. Viel gesehen hat er nicht, aber ihr Geruch hat sie verraten", half Octocat wieder aus. Schon wollte er anfangen, sich zu putzen, überlegte es sich aber rechtzeitig anders. Die Pfoten blieben am Boden.

„Es war eine Frau." Also doch. Alles schien jetzt zusammenzupassen mit dem, was Charles und ich bereits eruiert hatten. Die Dinge sahen nicht gut aus für unsere Freundin, die Maklerin. „Also – wer war sie?"

Und tatsächlich, Octocat bestätigte meinen Verdacht. „Er sagt, es war die Frau, die das Haus verkauft."

Triumphierend drehte ich mich zu Charles um. "Breanne, ich hab's doch die ganze Zeit gewusst! Gib mir bitte mal den Werbeprospekt mit dem Foto von ihr", forderte ich ihn auf.

Wortlos tat er wie geheißen. Ich hielt dem Terrier das Papier vor die Nase und wollte eine letzte Bestätigung. Und richtig, der stieß bei ihrem Anblick ein Bellen aus, das schnell in ein Knurren überging.

„Hast du das gesehen?", fragte ich ihn und gab ihm den Flyer zurück. „Deine Sympathie Breanne gegenüber lässt dich auf einem Auge blind werden. Ich war längst von ihrer Schuld überzeugt."

Octocat wollte noch etwas sagen und tippte mich erneut mit der Pfote an. Dieses Mal konnte ich sogar eine Kralle spüren?

„Du tust mir weh! Was gibt es denn noch?"

„Ich muss dich enttäuschen – aber das ist nicht das, was Yo-Yo gesagt hat", meinte er mit einem süffisanten Lächeln.

Wie bitte? Nicht Breanne? Wie konnte das denn sein? Wir hatten doch bereits Mitch ausgeschlossen, und so viele Einwohner hatte Glendale nun auch wieder nicht. Auf wie viele davon konnte die Beschreibung „Rothaarige Killerin, circa einen Meter fünfundsiebzig groß" da überhaupt zutreffen?

Meine Augen weiteten sich ungläubig, während ich auf eine Erklärung wartete.

„Er besteht darauf, dass es nicht die Frau vom Prospekt war, sondern die andere." So langsam schien Octocat mit seiner Geduld am Ende.

„Ja, welche soll es denn dann gewesen sein?" Ich war ratlos. Wir waren so weit gekommen – mussten wir am Ende doch noch herausfinden, dass es die ganze Zeit über Brock gewesen war?

Octocat ließ mich stehen und befragte erneut den Terrier. Die beiden ließen sich reichlich Zeit, bevor er wieder zu mir sprach.

„Definitiv nicht der Mann. Die andere Frau."

„Charles", bat ich und streckte erneut die Hand aus. „Gib mir ein Foto von Brock, um es Yo-Yo zu zeigen."

Mitch, die bis jetzt dieses Geplänkel stumm verfolgt hatte, wollte plötzlich wissen: „Sag mal, sprichst du etwa wirklich mit dieser Katze?"

„Je öfter du das mitbekommst, desto weniger verrückt wird es dir vorkommen", lachte Großmutter als Antwort.

„Sieht ganz so aus, als wäre der Geist aus der Flasche." Auch Charles stimmte nun in das Lachen ein."

Ich hatte gerade wirklich keine Zeit, mich deswegen auch noch zu sorgen. Im Moment fand ich es wichtiger, den Fall abzuschließen. Schließlich blieben uns nur noch zehn Stunden, bevor Mama mit ihrer Sensationsgeschichte auf Sendung ging. Wir waren jetzt so nah dran an der Lösung und vielleicht gerade noch rechtzeitig, um verhindern zu können, dass sie falsche Fakten verbreitet.

Charles hielt das Foto von Brock hoch und Yo-Yo gab als Antwort ein jaulendes Geräusch von sich.

„Der war es nicht", übersetzte Octocat.

„Wer soll es denn dann gewesen sein?" Irgendwie stand ich auf dem Schlauch. Es war Zeit für eine göttliche Eingebung. Womöglich konnten wir doch nicht auf die Hilfe des Hundes bauen.

„Uns bleibt doch nur Brock." Ich sprach zu Octocat, ließ aber den Yorkie ebenfalls nicht aus den Augen. „Wen haben wir denn sonst noch?"

„Ich rufe jetzt Breanne an", verkündete Charles, während er schon mitten beim Wählen war.

„Gib mir das Telefon", fuhr ich ihn an und nahm ihm das Handy ab.

„Hallo?" Breanne antwortete voller Energie und freundlicher, als ich sie je erlebt hatte.

Ich gab meinen Freunden mit dem Finger an den Lippen ein Zeichen, dass sie sich absolut still verhalten sollten. „Hallo, Breanne, hier spricht Angie Russo, die Anwaltsgehilfin, die am Fall Ihres Bruders mitarbeitet."

„Ich dachte, wir hätten vereinbart, dass Sie an der Verteidigung nicht mehr mitwirken?", kam es grob zurück. Keine Spur mehr von fröhlicher Freund-lichkeit.

„Heute ist mein letzter Tag", beruhigte ich sie, „aber Charles hat mich noch gebeten, zu Michel Hayes ins College zu fahren und ihr ein paar Fragen zu stellen. Ich konnte sie zwar nur kurz sprechen, aber immerhin hat sie gesagt, es wäre der Makler gewesen, der ihre Eltern auf dem Gewissen hätte."

Ja, genau so musste man mit Leuten umgehen, die einen sowieso schon auf dem Kieker hatten. Psychologie war eh nicht meine Stärke.

„So ein Quatsch! Ich war es nicht, genau so wenig wie mein Bruder. Wie kommt sie dazu, mich jetzt zu beschuldigen? Bei der Polizei hat sie noch ausgesagt, dass sie keinen blassen Schimmer hätte, wer ihre Eltern getötet haben könnte."

Ich griff jetzt zum Äußersten und machte mich innerlich bereit für ihren Wutausbruch. „Wenn Sie es nicht waren, wen könnte sie sonst gemeint haben?"

Breanne reagierte erwartungsgemäß mit einer Serie wütender Schnaufer und brüllte schließlich in den Apparat: „Jetzt reicht es! Ich werde mich definitiv schriftlich bei Ihrem Vorgesetzten beschweren!"

„Das kann ich nicht verhindern, aber bitte beantworten Sie noch meine Frage." Wenn sie jetzt auflegte, bevor sie mir einen brauchbaren Hinweis lieferte, war das Spiel verloren.

„Der Makler", schrie sie mir ins Ohr. „Das kann jede oder jeder sein. Ist Ihnen klar, dass es allein im Staat Maine dreitausend registrierte Kollegen gibt? Vielleicht war einer davon bei der Besichtigung dabei oder hatte den Hayes beim Kauf des neuen Objekts geholfen? Sie alle hatten Zugang zu den Schlüsseln und kommen als Täter in Frage."

„Warten Sie." Plötzlich hatte ich einen Einfall. „Können wir nochmal zurückgehen?"

„Ich sagte, dass jeder an die Schlüssel rankam.

Und ich lasse mich nicht länger von Ihnen beschuldigen. Schließlich bezahle ich ..."

Inzwischen hatte ich mich an ihr Brüllen fast gewöhnt. Es war aber wichtig, dass sie jetzt mitarbeitete. „Das meine ich nicht! Vorher!", bettelte ich.

„Von Ihrer Vorliebe, mich anzuschwärzen, einmal abgesehen – sie hätte jede andere Maklerin meinen können. Hat sie meinen Namen genannt?"

„Lassen wir das jetzt einmal beiseite. Sie sprachen von einer anderen Maklerin. Waren Sie beim Kauf des neuen Hauses nicht dabei?"

Breanne holte tief Luft. Vielleicht hatte sie die Bedeutung unseres Dialogs jetzt auch verstanden. „Leider nicht. Natürlich wäre ich gerne da auch tätig geworden, aber die Entscheidung schien bereits gefällt, bevor ich die Hayes traf."

„Wissen Sie, welche Firma die beiden beauftragten?" Jetzt hielt ich den Atem an vor lauter Spannung.

Von ihrer Antwort hing alles ab.

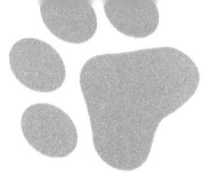
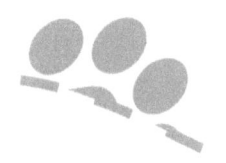

# 17

Alle Augen ruhten auf mir, während ich auf Breannes telefonische Antwort wartete. Für einen Moment wurden alle total still, um nur ja kein Wort zu verpassen.

„Warum sollte das wichtig sein?", sagte sie schließlich. Damit konnten wir uns natürlich nicht zufriedengeben. Es war enttäuschend festzustellen, dass sie offenbar immer noch nicht begriffen hatte, was auf dem Spiel stand.

Charles riss mir jetzt praktisch den Hörer aus der Hand und mischte sich lautstark ein: „Breanne, hier spricht Charles. Wir glauben, dass der andere Makler der Schlüssel zur Entlastung Ihres Bruders ist. Können Sie uns bitte den Namen nennen?"

Er lief ein paar Schritte auf und ab, aber ich wich

ihm nicht von der Seite, damit mir auch wirklich nichts von dem Gespräch entging.

Überraschenderweise war sie bei ihm jetzt fast genauso abweisend, wie sie es vorher bei mir gewesen war.

„Ach wirklich? Vor ein paar Minuten hat Ihre Assistentin noch mich beschuldigt, die Hayes getötet zu haben", kam es mit sarkastischem Unterton zurück.

Er warf mir wütende Blicke zu, bemühte sich jedoch, in ruhigem Tonfall weiterzusprechen. „Ich versichere Ihnen, dass sie das so nicht gemeint hat. Es ist nur ... manchmal hat sie Probleme, sich richtig auszudrücken."

„Es bleibt dabei – ich will nichts mehr mit ihr zu tun haben. An Ihrer Stelle würde ich mich nach einem Ersatz umsehen."

Charles' Stimme klang nun ebenfalls angespannt. „Könnten Sie bitte einfach ..."

„Ach, verdammt nochmal!", schrie Großmutter jetzt, nahm ihm das Handy ab und drückte es Michelle in die Hand. Die wusste einen Moment lang überhaupt nicht, was von ihr erwartet wurde.

„Na los, Liebling. Sag ihr, wer du bist und was sie für dich tun soll."

„Hi, hier spricht Michelle Hayes", stotterte diese folgsam ins Telefon.

Wir anderen waren wieder mucksmäuschenstill, um ja nichts zu verpassen.

„Könnten Sie mir bitte sagen, welcher Makler meinen Eltern beim Kauf des neuen Hauses geholfen hat?", fragte Mitch jetzt. Ich konnte nicht beurteilen, ob die frischen Tränen in ihrer Stimme echt waren oder nur dafür sorgen sollten, endlich Antworten zu bekommen. Das war auch egal – Hauptsache, diese grobe Frau am anderen Ende der Leitung würde endlich einlenken.

War ja klar, dass ich ausgerechnet jetzt zu weit weg war, um richtig mitzubekommen, was genau sie darauf antwortete. Jedenfalls nickte Mitch immer wieder bei den Ausführungen der Maklerin. Sie bekniete sie mit brechender Stimme und bettelte förmlich um Verständnis. „Ich will ja nur Gerechtigkeit für meine Eltern, und natürlich auch für Ihren Bruder. Würden Sie uns bitte helfen?"

Die Unterhaltung ging noch ein wenig hin und her, aber schließlich hob Mitch erleichtert die Daumen und beendete den Anruf mit einem großen Dankeschön.

„Also, sag schon, wer war es denn nun?" Großmutter hielt die Spannung nicht mehr aus und wurde vor Aufregung richtig laut.

Das Mädchen jedenfalls sah zufrieden aus, als sie Charles sein Telefon zurückgab. „Sie meinte, aus dem Stand könne sie das jetzt nicht sagen, versprach aber, in der Makler-Datenbank nachzusehen und ihm eine Nachricht zu schicken. Und – die Assistentin sollte sie auf keinen Fall nochmal anrufen."

*Das war ja klar.* Ich wusste jetzt, dass Breanne ein echtes Problem mit mir hatte. Vermutlich ging ich ihr in Zukunft wirklich besser aus dem Weg. Im Moment spielte das aber, ehrlich gesagt, auch keine große Rolle mehr. Vorrangig war, einen Doppelmord aufzuklären.

Wenigstens schenkte Charles mir ein mitfühlendes Lächeln. Im selben Moment poppte auch schon die sehnsüchtig erwartete Nachricht auf dem Display des Handys auf: Sandra Lynn, Lighthouse Realty & Brokerage. „Sagt das irgendjemandem von euch etwas?", blickte er fragend in die Runde.

Wir alle schüttelten den Kopf und warteten, während er sich nochmal mit dem Telefon beschäftigte. „Wartet." Als wollte Gott selbst diesen Moment hervorheben, durchbrach ein kräftiger Sonnenstrahl die Wolkendecke und erleuchtete den Campus.

„Da ist noch ein Anhang dabei." Flink huschten seine Finger über die kleine Tastatur.

Ich trat näher und starrte auf den Schirm. Als die Seite endlich geladen war, erkannte ich die Frau, die auf der Titelseite abgebildet war, sofort wieder. Sie stand vor einem spiralförmig bemalten, schwarz-weißen Leuchtturm, und ihr welliges rotes Haar wehte sanft in der Brise, während sie lächelnd ein großes, sperriges Schild in die Kamera hielt: VERKAUFT!

„Ist das nicht die Frau, die wir in dem Lokal „Zum kleinen Hund" getroffen haben und wegen der wir unseren Tisch räumen mussten?" Auch Charles hatte sich sofort wieder an sie erinnert.

Ich schaute noch einmal ganz genau hin. Kein Zweifel, das war sie. Allerdings hatte ich sie auch vorher schon einmal gesehen. „Als ich mit Groß-mutter bei Bills Arbeitgeber, der Druckerei war, habe ich sie zum ersten Mal getroffen. Sie behauptete, noch einen Auftrag abholen zu wollen und war auch der Grund, weshalb ich nicht mehr im Eingangsbüro herumschnüffeln konnte."

Charles verstand sofort. „Das heißt, dass sie zumindest Bill von früher her kannte. Möglicher-weise auch seine Frau", folgerte er.

Ich hatte zwar bisher immer nur gemietet, fragte

mich aber dennoch: „Eines verstehe ich trotzdem nicht. Wenn sie sie gut genug kannten, um das neue Objekt über sie zu kaufen – warum haben sie sich dann nicht auch beim Verkauf des alten Hauses von ihr vertreten lassen? Das wäre doch üblich, oder?"

Darauf hatte auch er keine Antwort. „Das muss nichts bedeuten. Es kommt öfter vor, dass Leute sich an verschiedene Immobilienfirmen wenden. Seltsam finde ich nur, dass sie in den Protokollen über die Tat nirgends aufgetaucht ist."

„Hier steht, dass ihr Büro in Misty Harbor ist. Das erklärt auch, warum wir ihr im Lokal begegnet sind. Das befindet sich ja ebenfalls dort."

Charles überlegte und fragte mich dann „Meinst du, wir sollten sie anrufen?"

„Damit sie gleich weiß, dass wir hinter ihr her sind? Auf keinen Fall!" Das war wieder Großmutter, die sich nochmal sein Handy auslieh. Sie wollte dem Yorkie ebenfalls das Bild zeigen und hielt es ihm direkt vor sein Gesichtchen.

Er reagierte sofort und bellte wütend. Fast hätte er in seinem Ärger auch noch Oma gebissen.

Octocat kam zu mir herüber. „Er sagt ..."

„Ja, ich weiß. Bemüh dich nicht. Das haben wir selbst verstanden." Endlich konnte ich befreit aufatmen. Wir hatten es wirklich geschafft ... Und gerade noch rechtzeitig.

„Lasst uns die Schlinge zuziehen! Jetzt kriegen wir die Verbrecherin." Großmutter war schon auf dem Weg zum Parkplatz, schaute aber nochmal über die Schulter zurück und meinte: „Kommst du mit, Michelle?"

Das Mädchen hüpfte von der Mauer. „Ich bin dabei! Allerdings müsst ihr mir ein paar Minuten geben, damit ich mich anziehen kann. Bin sofort bei euch!" Wir anderen liefen schon einmal zum Auto. Unsere bunte Crew verlor wirklich keine Zeit.

„Jetzt haben wir wirklich alle Puzzleteilchen beisammen", stellte ich fest. Es war die Ähnlichkeit zwischen Breanne und Sandra, die Yo-Yo verwirrt hatte, zumal beide Frauen bei den Hayes als Maklerinnen vorstellig geworden waren. Kein Wunder, dass er sie nicht auseinanderhalten konnte.

„Vergiss nicht, dass für uns die Gesichter der Menschen sowieso gleich aussehen." erinnerte mich Octocat.

„Das kommt noch erschwerend hinzu", pflichtete ich ihm lachend bei. Als letzte Hürde mussten wir nun aber alles auch noch im Prozess hieb- und stichfest beweisen können, um Brock freizubekommen.

„Überlasst das nur mir," meinte Oma kämpferisch

und ballte die Hände zu Fäusten. Sie war für den Krieg bereit.

„Kommt nicht in Frage! Sie haben bereits mehr als genug geholfen!", antwortete Charles an meiner statt.

„Jetzt wartet mal." Ich wurde wieder ganz ruhig. „Vor uns liegt eine lange Fahrt. Da bleibt viel Zeit, um uns Gedanken zu machen, welches mögliche Motiv Sandra für die Tat gehabt haben könnte."

„Durchaus, wenn nicht wieder alle einschlafen", meinte Charles mit schelmischem Grinsen."

„*Selten so gelacht* ... Jetzt ist nicht die Zeit, zum Witze reißen. Wir müssen das Puzzle vervollständigen."

In diesem Moment schloss auch Michelle wieder zu uns auf. „Das ging ja schnell. Dann lass dich mal auf den neuesten Stand bringen, Mitch", erklang Omas Stimme vom Rücksitz, während wir uns alle anschnallten. „Wo ist Ihre Tasche, Charles?"

„Die habe ich hier." Damit bückte ich mich zum Fußraum. „Ich muss nur kurz wieder alles sortieren, dann kannst du sie haben." In Wahrheit ging es mir darum, die scheußlichen Fotos vom Tatort schnell im Handschuhfach zu verstecken.

Unsere betagte Chefin begann dann mit einer

Zusammenfassung aller bereits bekannten Details, und wir als ihr Publikum lauschten konzentriert.

„Schließlich wurde Octocat ungeduldig und richtete sich auf dem Kissen auf meinem Schoß auf. „War es das jetzt endlich? Ist der Fall abgeschlossen?"

„Wir haben es fast geschafft", tröstete ich ihn und streichelte ihm das Köpfchen.

„Ohne das *Fast* würde mir deine Antwort wesentlich besser gefallen", resignierte er mit einem leisen Knurren. Ich nahm das nicht persönlich, denn ich wusste ja, dass er Autofahrten hasste und nicht gut vertrug. Leider hatte ich vergessen, auch für den Heimweg ein paar seiner Tabletten bereitzuhalten.

„Wenn wir erst wieder zu Hause sind, wirst du mich die nächsten sechs oder sieben Tage nicht mehr wach kriegen", stellte er müde seufzend fest.

„Nach allem, was Yo-Yo uns verraten hat, gibt es für uns ja keinen Zweifel mehr an Sandras Schuld. Die Sache hat aber noch immer einen großen Haken", gab ich zu bedenken. „Vor Gericht können wir diesen Beweis schlecht verwenden."

„Weil er ein Hund ist?", fragte Octocat unschuldig.

Ich verdrehte genervt die Augen. „Jetzt stell dich nicht dumm. Du weißt genau, was ich meine. Sei nicht so vorlaut."

„Schon gut. Also wie geht es weiter?" Er ließ nicht locker.

„Es muss so vorgetragen werden, dass man uns nicht für verrückt erklärt. Die Antworten haben wir bereits alle. Jetzt müssen wir das Pferd von hinten aufzäumen, um die passenden Fragen dazu zu bekommen, verstehst du?"

„Ich denke schon, aber da hast du noch viel Arbeit vor dir", bedauerte mich meine Katze, während sie sich in einer scharfen Kurve an mich klammerte. „Dir ist schon klar, dass es noch eine Alternative gibt, oder?"

„Ach, tatsächlich? Und wie lautet die? Lässt du mich an deiner Weisheit teilhaben?" Dabei musste ich ihn festhalten, damit er nicht herunterfiel.

Er schlug mit dem Schwanz um sich, bevor er damit rausrückte: „Sieh einfach zu, dass du ein Geständnis aus ihr herauslockst."

Am Ende hatte sich sein Fernsehkonsum doch noch ausgezahlt. Ich war froh, dass er sich, von Unterhaltungssendungen wie *Dora the Explorer* bis hin zu *Law and Order* hinaufgearbeitet hatte, um diesen nützlichen Beitrag leisten zu können.

Charles drehte sich kurz um und musterte mich. „Was hat er gesagt?"

Nun, diese Antwort brachte mich in eine Zwickmühle. Ich wollte ihn nicht anlügen, wusste aber auch, dass er von erzwungenen Geständnissen als Mittel zur Aufklärung nichts hielt.

Bei meinem letzten Fall wollte ich alles ganz allein schaffen, und das hätte mich beinahe Kopf und Kragen gekostet. Damals hatte ich mir geschworen, so etwas nie wieder zu riskieren.

Ganz sicher nicht.

Dieses Mal würde ich sicherstellen, dass mein Kater dabei war, wenn ich direkt in das Büro von Sandra Lynn stürmte und eine Erklärung forderte.

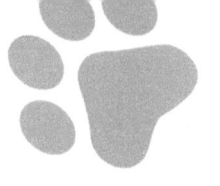

# 18

Als wir wieder zurück in Glendale waren, stand die Sonne schon hoch im Zenit. Großmutter lud uns alle ein, bei ihr zu Mittag zu essen. Natürlich gingen unsere Gespräche und Überlegungen zum Fall immer noch weiter. Diesmal wollten wir die Aussagen von Yo-Yo überprüfen, die er am Morgen geliefert hatte.

Ich fand eine einleuchtende Ausrede, um mich davonzustehlen. Octocat musste dringend nach Hause, um seine Katzentoilette zu benutzen. Was ich danach geplant hatte, ging zunächst einmal niemanden etwas an.

„Also raus mit deinem Plan – wie willst du es anstellen?", meinte er, als er fertig war und die Pfoten auf der extra neu für diesen Zweck gekauften Matte säuberte.

„Was meinst du?", fragte ich scheinheilig, während ich den Kühlschrank nach etwas Essbarem durchwühlte, um meinen knurrenden Magen zu befriedigen.

Er schenkte mir einen mitleidigen Blick und ließ sich nicht täuschen. „Was ich damit meine? Was meinst du denn damit? Ist doch völlig klar? *Ich meine, wir zwei* müssen dieses Geständnis irgendwie kriegen, richtig? Als du das Thema im Auto vermieden hast, war mir schon klar, dass Kotzkarli nichts davon wissen sollte. Was aber nicht heißt, dass du die Idee aufgegeben hast. Ich kenne dich doch."

Während er noch mit seiner Ansprache beschäftigt war, fand ich eine alte, aber noch nicht abgelaufene Packung Schmelzkäse, die sich in der hintersten Schublade meines Gemüsefachs versteckt hatte. Da ich ausgehungert war, schlang ich ein großes Stück in mich hinein.

Danach konnte ich mich wieder den Bedenken meiner Katze widmen. „Natürlich werden wir dieses Geständnis bekommen. Ich habe mir überlegt, ich könnte als interessierte Kundin auftreten, während du dich erst einmal in deiner Korbtasche versteckst."

Octocat verzog sofort das Gesicht. „Ich hasse diese Tasche. Sie stinkt."

„Irgendwelche andere Vorschläge?", forderte ich ihn heraus, während ich mir ein weiteres, dickes Stück Käse genehmigte.

Frustriert lief er auf dem Küchentisch hin und her. „Ideen hätte ich genug, aber alle sind gefährlich und könnten mich eins meiner sieben Leben kosten. Trotzdem würde ich das Risiko im Interesse des Teams eingehen – aber du ja wohl nicht?"

„Ich habe ja auch nur eines, schon vergessen?" Ein anderes Mal wäre ich wohl sauer geworden, dass er diese Kleinigkeit übersah – oder zumindest ignorierte. Aber jetzt war ich zu aufgedreht, um mich auch noch auf diese Diskussion einzulassen."

„Natürlich. Unsere zerbrechliche Prinzessin", musste ich mir dann auch noch anhören.

Stöhnend widmete ich mich lieber weiter meinem Käse, und auch eine zweite Packung musste daran glauben. „Alles gut und schön. Ich mag ja verletzlich sein, aber wenn wir dich eine halbe Stunde in den Korb stecken, ist das immer noch besser, als wenn ich sterben muss. Kannst du mir soweit folgen?"

Octocat ließ sich nicht anmerken, ob er mir überhaupt zugehört hatte, sondern leckte weiter sorgfältig sein Fell.

„Halloooo? Entschuldige? Ich rede mit dir!" So langsam verging mir der Appetit.

„Reg dich nicht auf. Ich denke bloß nach. Gib mir einfach eine Minute." Und dabei machte er ungestört mit seiner Körperpflege weiter. Wie nett zu sehen, dass der Schutz meines Lebens einen vergleichbaren Stellenwert hatte wie das Vermeiden einer normal riechenden Weidentasche. Das ganze Gerede über den Gestank des Korbs war nur eine Farce. Ich wusste genau, dass den versnobten Kater nur störte, dass ich das Teil in einem Second-Hand-Laden erstanden hatte.

„Na gut. Ich füge mich. Aber diese Aktion erhöht schon wieder deine Schulden mir gegenüber", meinte er schließlich.

„Kommt alles auf die gleiche Rechnung, zusammen mit der Strafe für das Geschirr." Aber sofort bereute ich meinen flapsigen Ton. Ein weiteres Stück Käse sollte verhindern, dass ich mich selbst noch mehr in die Bredouille brachte.

Und prompt breitete sich ein Lächeln über sein struppiges Gesicht aus, das ich nur als teuflisch bezeichnen konnte. „Allerdings", kam auch sofort die Bestätigung, begleitet von einem hinterlistigen Lachen. „Und die Größe deines Gefallens wächst kontinuierlich. Aber mach ruhig weiter so, Schätzchen, mir soll das recht sein. Leider wirst du es noch bereuen."

*Uck.* Ich wusste nicht, ob es die Art der Drohung war, mit der er mich an seine Wünsche erinnerte – oder die Wünsche selbst, die mich langsam ängstigten. Aber die Ablenkung genügte vollauf, damit mir das letzte, große Stück Käse im Halse stecken blieb. Einige Sekunden lang fürchtete ich sogar ernsthaft, daran zu ersticken.

Octocat sah ungerührt zu, als ich mir erschrocken an den Hals fasste. Er rührte keine Pfote, während ich mich verzweifelt bemühte, durch Schlagen auf die Brust und Würgen den gefährlichen Brocken die Kehle wieder hoch- oder runter zu bekommen. Schließlich gelang mir das auch.

„Was hättest du getan, wenn ich erstickt wäre?", wollte ich wütend wissen. „Du hast ja nicht einmal versucht, mir zu helfen."

Er gähnte nur. „Ach, das war es also. Ich hatte angenommen, du wolltest nur Zeit schinden. Wenn ich dich erinnern darf – es wird wohl nicht mehr lange dauern, bis der Rest der Gang mit Kotzkarli an der Spitze hier auftaucht, um nach uns zu suchen. Ist es das, was du willst?"

*Bäh.* Ich hasste zwar seine Unfähigkeit, Mitgefühl zu zeigen, aber in dem Punkt hatte er völlig recht.

„Denen müssen wir allerdings aus dem Weg gehen. Also nichts wie raus hier", sagte ich, während ich noch schnell meine Wasserflasche am Hahn in der Küche auffüllte.

Octocat folgte mir zögernd. „Kein Geschirr dieses Mal?"

„Dieses Mal nicht." Aber ich musste ihn trotzdem ein wenig ärgern und hielt ihm den Korb vor die Nase, den ich aus dem Mantelschrank geholt hatte. Mir war klar, dass ihm auch der die gute Laune verderben konnte. „Heute nehmen wir stattdessen den."

Er hob die Pfote auf eine Art und Weise, wie ich es noch nie an ihm gesehen hatte. Vermutlich hatte er sich diese Geste aus einem Kinderfilm im Fernsehen abgeschaut.

„Äh, ich hätte da noch eine letzte Frage. Was genau erwartest du von mir, wenn ich dabei bin?"

„Wenn irgendetwas schief geht, musst du dein iPad benutzen und Hilfe anfordern. Im schlimmsten Fall hoffe ich, dass du deine Krallen ausfährst und dich wie ein Tiger in den Kampf schmeißt. Meinst du, du bekommst das hin?"

Er nickte. „Dann vergiss aber auch nicht, mein iPad einzupacken."

Ich stöhnte, ging aber sofort los, um sein Lieblingsspielzeug aus dem Schlafzimmer zu holen. „Gut so?", fragte ich und versteckte es im hinteren Bereich der Tasche. Im Grunde eine lächerliche Maßnahme als Vorbereitung auf unsere riskante Mission, aber eine angemessene Darstellung dessen, wie mein Leben aktuell aussah.

„Noch eine letzte Sache. Ich muss meine Mutter anrufen", verriet ich ihm auf dem Weg zum Auto.

„Warum das denn? Hast du kein Vertrauen mehr in mich?"

„Vertrauen?", lachte ich. „Meistens kann man darauf vertrauen, dass du einem zu viel wirst. Nein – es geht um etwas anderes. Ich habe ihr versprochen, dass sie eine exklusive Story bekommt, und die muss ich jetzt liefern."

Man sah ihm seine Zweifel deutlich an. „Aber wird sie nicht versuchen, dich aufzuhalten? Ich dachte, deshalb hättest du schon Charles und Groß-mutter nichts davon erzählt?"

„Stimmt, was die beiden anbelangt, aber meine Mutter ist anders veranlagt. Die macht sich so schnell keine Sorgen und tut selbst auch alles, was getan werden muss, um an eine gute Geschichte zu bekommen."

Octocat kletterte auf meinen Schoß und vergrub seine Krallen in meinem Oberschenkel. „Kein

Problem für mich – es geht ja nur um dein Leben", meinte er, als ich den Motor startete.

Was für eine beruhigende Einstellung für einen Begleiter, der mich ihm Notfall retten sollte. Vielleicht sollte ich besser beten? Mein Vertrauen in seine Retterqualitäten war eh schon erschüttert worden, als ich an meinem Käsestück zu ersticken drohte.

Wieder einmal beschloss ich, für einen noblen Zweck ein hohes Risiko einzugehen, nämlich das, Brock vor dem Gefängnis zu bewahren. Die Dinge schienen sich zu wiederholen. Schon beim letzten Mal war ich nur mit großem Glück davongekommen. Andererseits wusste ich diesmal genau, worauf ich mich einließ, und vorbereitet hatte ich mich auch besser. Das musste reichen.

Also schnallte ich mich an und verband Octocats iPad über die Bluetooth-Schnittstelle meines Wagens mit der Rufnummer meiner Mutter.

Sie war sofort am Apparat. Vermutlich hatte sie schon eine Weile auf meinen Anruf gewartet. „Hallo Angie. Glück gehabt heute?"

„In der Tat. So könnte man sagen." Ich musste lauter sprechen, um die Geräusche des Fahrzeugs zu übertönen, damit sie mich auch verstand. „Ich bin auf dem Weg nach Misty Harbor. Meinst du, du könntest ebenfalls dorthin kommen und ein Kamera-team mitbringen?"

„Prinzipiell schon, aber darauf sind wir in Glendale nicht wirklich vorbereitet. Es kann etwas dauern, selbst wenn ich mich beeile. Wohin genau sollen wir denn kommen?"

„Lighthouse Realty & Brokerage", verriet ich ihr und rasselte die Adresse herunter.

„Da sieh mal an. Ich bin beeindruckt. Wie hast du denn herausgefunden, wer das Verbrechen verübt hat?"

Das waren ungewohnt anerkennende Worte aus ihrem Mund. Irgendwie machte mich das stolz – aber ich wusste ja auch, dass sie von meiner speziellen Begabung keine Ahnung hatte, und jetzt schien auch wieder nicht der richtige Zeitpunkt, um auf Einzelheiten einzugehen.

„Eine lange Geschichte. Lass sie uns mit der Kamera festhalten", forderte ich sie auf. Natürlich würde ich den Lokalnachrichten nie und nimmer auch nur ein Sterbenswörtchen über meine außerge-wöhnlichen Kräfte verraten. Vor meiner Mutter jedoch konnte ich das vielleicht nicht mehr lange geheim halten. Noch vor Ablauf des Tages musste ich sie vermutlich einweihen.

„Schau, schau. Meine schlaue Tochter. Vermutlich hat sich dein Studium für Kommunikation ja doch ausgezahlt. Willst du es nicht noch einmal in meiner Branche versuchen? Wir zwei würden bestimmt ein großartiges Team abgeben."

„Man soll niemals nie sagen." Aber schon beim Antworten wusste ich genau, dass mich ihr Job nicht reizen konnte. Allein die Vorstellung, mit meiner eigenen, ehrgeizigen Mutter konkurrieren zu müssen, war abschreckend. Unser Verhältnis war, obwohl wir uns liebten, meist nur in homöopathischen Dosen zu ertragen.

Sie hatte mich wohl schon am Tonfall durchschaut, lachte aber darüber. „Alles klar. Ich weiß, wie du das meinst, und vermutlich hast du recht. Lass uns jetzt erst einmal auf diese Story konzentrieren."

Den nächsten Satz auszusprechen, fürchtete ich am meisten. Aber es musste sein: „Mom? Falls ich dich in der nächsten Stunde anrufen sollte – und selbst wenn oder gerade, wenn ich stumm bleibe am Telefon – musst du dringend die Polizei verständigen. Versprichst du mir das?"

Sie sog hörbar die Luft ein. „Das klingt gefährlich. Auf was hast du dich da eingelassen?"

Ich konnte nur hoffen, dass sie übertrieb.

„Keine Sorge. Es ist eine reine Vorsichtsmaßnahme", log ich. Immerhin war mir klar, dass Sandra mindestens schon zwei Menschen auf dem Gewissen hatte. Wenn sie herausfand, dass ich ihr Verbrechen aufgedeckt hatte, gab es keine Garantie, dass sie nicht auch versuchen würde, mich zu beseitigen.

„Es hat noch nie geschadet, sich den Rücken frei zu halten. Ich beeile mich", erwiderte Mutter resigniert.

„Perfekt. Melde dich, wenn du dort bist. Mein Handy werde ich wohl stumm schalten, aber vibrieren lassen. Dann rufe ich dich zurück, sobald ich kann. Und Mama – bist du noch dran? "

„Ja – was noch?"

„Ich liebe dich."

„Ich dich auch, mein Schatz." Damit legte sie auf.

Ich holte tief Luft und wandte mich wieder Octocat zu. „Also, die Taste Eins bei der Zielwahl ist jetzt auf die Handynummer meiner Mutter programmiert. Wenn es Ärger gibt, musst du nur diesen einen Knopf drücken, okay?"

Er machte ein mürrisches Gesicht. Ob das daran lag, dass ihm langsam dämmerte, wie gefährlich die Situation werden konnte, wusste ich nicht. Vielleicht hatte es einfach auch nur wieder mit seiner Abneigung gegen das Autofahren zu tun.

Eins allerdings wusste ich. Wir würden heute eine Mörderin überführen.

*Koste es, was es wolle.*

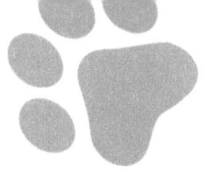

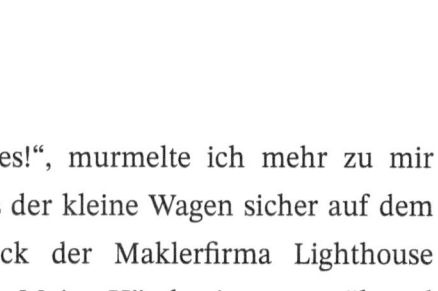

**19**

„Jetzt gilt es!", murmelte ich mehr zu mir selbst, als der kleine Wagen sicher auf dem Grundstück der Maklerfirma Lighthouse Realty geparkt war. Meine Hände zitterten, während ich den gestreiften Korb für Octocat aufhielt, damit er sich darin verstecken konnte. Ausnahmsweise fiel sein Protest sehr schwach aus.

„Denk daran, dein iPad steckt in der hinteren Tasche. Im Notfall springst du raus und schmeißt die Tasche von meinem Schoß. Dadurch wird es herausfallen und du kannst auf die Eins drücken."

„Das habe ich alles verstanden, aber was, wenn es auf dem Rücken landet?"

„Lass uns einfach hoffen, dass das nicht passiert." Ich ärgerte mich, diesen Punkt nicht früher bedacht zu haben. Jetzt allerdings waren wir hier und es gab kein Zurück mehr.

„Dann leg es doch besser gleich direkt neben mich", meinte er und steckte kurz den Kopf aus dem Korb.

Das wunderte mich. „Ich dachte immer, du kannst es nicht leiden, wenn dir Gegenstände zu nahekommen?"

„Das ist in der Tat unangenehm, stimmt. Aber wenn du stirbst, muss ich erneut einem fremden Menschen beibringen, wie er mich zu behandeln hat, was ich mag und was nicht. Das wäre noch unangenehmer."

„Aha, also liebst du mich doch?", zog ich ihn auf, folgte aber seinem Rat.

„Genug gequatscht. Geh jetzt rein und schnapp sie dir." Eine Sekunde später war er in den Tiefen seines Verstecks verschwunden.

*Richtig.* Mit einem Stoßseufzer stieg ich aus dem Auto, die Tasche locker über der Schulter. Hoffentlich traf ich Sandra überhaupt an. Schließlich hatte ich ja extra keinen Termin vereinbart, um den Überraschungsmoment zu nutzen. Auch einen Plan hatte ich nicht wirklich vorzuweisen, hoffte aber, die Schauspiel-Gene in meiner Familie würden sich als nützlich erweisen.

Beim Eintreten durch die Glastüre erklang eine Glocke, um mich anzukündigen. Das Büro machte einen freundlichen Eindruck. Es roch angenehm nach Vanille, und neben Sitzgelegenheiten im Wartebereich waren einladend Illustrierte ausgelegt. Sogar ein kleiner Kühlschrank war vorhanden, mit einer Auswahl an alkoholfreien Getränken.

Nachdem der Empfangsschalter leer war und ich somit niemand fragen konnte, verhalf ich mir selbst schnell zu einem Kaffee, den ich genauso zügig und mit großen Schlucken austrank. Ob mir das half, all meinen Mut zusammenzunehmen? Konnte man nur hoffen.

„Hallo, schön, dass Sie uns hier bei Lighthouse Realty besuchen kommen. Was kann ich für Sie tun?", wurde ich von einer Frauenstimme von der anderen Seite des Raumes begrüßt.

Kein Zweifel – das war Sandra Lynn höchstpersönlich, mit ihrer roten Haarpracht und dem breiten Lächeln. Mich konnte sie damit jedoch nicht mehr täuschen – jetzt, da ich ihre dunklen Machenschaften kannte. Ich klammerte mich an den Riemen meiner Tasche und vergewisserte mich, dass ich Verbindung zu Octocat hielt. Nun galt es, die kleinen grauen Zellen im Hirn richtig einzusetzen.

„Guten Tag", gab ich mit einem ähnlichen Lächeln zurück. „Ich bin auf Haussuche."

Sandra lachte belustigt auf. „Wenn es weiter nichts ist? Zufällig kann ich Ihnen genau dabei behilflich sein." Wenn ich nichts von ihren kriminellen Taten gewusst hätte, wäre sie mir sicher sympathisch gewesen. „Am besten reden wir in meinem Büro?" Selbstbewusst lief sie den Gang hinunter vor mir her.

„Sie haben Glück. Normalerweise schicke ich neue Kunden erst einmal zu einem unserer Nachwuchsagenten, aber gerade eben hat jemand einen Termin bei mir stornieren müssen."

Dies Info kam schon einmal auf dem Flur zustande. „Ich als Inhaberin dieser Agentur bin natürlich auch die erfahrenste Person in diesem Geschäft. Gehen Sie ruhig davon aus, dass wir Ihr Traumhaus in kürzester Zeit für Sie finden werden."

Sie zwinkerte mir zu, hielt inne und ließ mich in ihr schwach beleuchtetes Büro eintreten.

„Das nenne ich wirklich Glück", entgegnete ich mit einem ähnlich höflichen Lächeln.

„Darf ich Ihren Namen erfahren, Liebes? Und haben Sie schon einmal eine Immobilie gekauft?"

Sandra nahm hinter ihrem Schreibtisch Platz, lehnte sich jedoch zu mir nach vorne, um mir zu zeigen, dass ich ihre volle Aufmerksamkeit hatte.

„Ich bin Angela", antwortete ich und tauschte mit ihr den obligatorischen Handschlag. Das war zwar nicht gelogen, aber auch nicht wirklich richtig. Außer Octocat gab es niemand, der mich so nannte, und selbst der hob sich diesen Namen für besondere Gelegenheiten auf. „Und ja, ich suche zum ersten Mal und befürchte, ich habe darin noch keine Erfahrung", behauptete ich.

„Wenn es so ist, mache ich Sie am besten erst einmal mit ein paar grundsätzlichen Regeln beim Kauf vertraut?", begann sie und fiel in einen langen Monolog, der mir erlaubte, das Büro genauer in Augenschein zu nehmen. Dabei fiel mir nichts wirklich Besonderes auf, aber ich konnte ja wohl auch schlecht erwarten, einen blutigen Hammer auf ihrem Schreibtisch vorzufinden.

Nachdem sie mit ihrer Rede erst einmal durch war, erwartete sie wohl, dass ich ihr dazu Fragen stellte. Das konnte ich allerdings nicht – weil ich ihr schlichtweg nicht richtig zugehört hatte.

Folglich hakte sie nach: „Was genau suchen Sie

denn nun, meine Liebe?" Ich fing bestimmt an, sie zu irritieren, wenn ich nicht bald etwas zum Gespräch beitrug.

In Gedanken ging ich rasend schnell nochmal durch, was Charles, Großmutter, Mitch und ich uns im Auto auf dem Weg nach Glendale überlegt hatten. Im Grunde drehte sich alles um eine entscheidende Frage: *Welches Motiv konnte es für eine Maklerin geben, ihre Kunden zu ermorden?* Meistens drehte sich ja alles um Geld. Noch kam ich nicht dahinter, aber tastete mich einfach mal behutsam in diese Richtung vor.

„Am liebsten wäre mir ein hübsches Haus mit drei Schlafzimmern. Das könnte aber finanziell eng werden."

Erwartungsgemäß freute sie sich nicht sonderlich über diese Einleitung, machte jedoch gute Miene zum bösen Spiel. Gleich hatte sie sich wieder gefangen und setzte ihr übliches Lächeln auf. „Das lassen wir erst einmal auf uns zukommen. Wie steht es denn mit Ihrer Kreditwürdigkeit?"

„Ehrlich gesagt, auch nicht berauschend." Dummerweise war das jetzt wirklich die Wahrheit.

Sie presste die roten Lippen zu einer schmalen Linie zusammen. „Hmm."

Scheinbar verzweifelt, flehte ich sie an. „Meinen

Sie, Sie könnten da irgendwie trotzdem helfen? Es muss ja auch kein neues Haus sein."

Sandras Enthusiasmus hatte spürbar nachgelassen, aber als Profi gab sie noch nicht auf. „Nun – es gibt bestimmte staatliche Darlehen für Leute wie Sie, die zum ersten Mal eine Immobilie kaufen wollen. Sie müssten natürlich mit einem höheren Zinssatz rechnen, aber das geht in dem Fall leider nicht anders."

„Okay", sagte ich ergeben, „wenn ich es dadurch nur schaffen kann."

„Weshalb wollen Sie denn unbedingt kaufen, wenn Ihr Budget so knapp ist?", fragte sie.

Jetzt musste eine plausible Erklärung her, um sie nicht misstrauisch zu machen. „Meine jetzige Mietwohnung ist einfach zu klein geworden. Ich habe Tiere – eine Katze und auch einen Hund, einen Yorkie. Wir brauchen einfach alle etwas mehr Platz, um den täglichen Zusammenstößen ausweichen zu können."

Sie wurde blass und schluckte, bevor sie ein kurzes Lachen ausstieß. „Das klingt wirklich so, als müssten wir da unbedingt helfen."

Vielleicht war es Einbildung, aber ich glaubte, bei der Erwähnung des Yorkies eine Reaktion bemerkt zu haben. In diese Kerbe wollte ich gleich noch

einmal schlagen: „Sind Sie zufällig auch Hundelieb-
haberin?" Dabei klopfte ich sanft auf den Weiden-
korb, um Octocat zu beruhigen. Der war bestimmt
schon sauer, dass er gerade bei diesem Thema nicht
an der Unterhaltung teilnehmen durfte. Seit er Yo-Yo
getroffen hatte, hatte er hunderte von Argumenten,
mit denen er beweisen wollte, dass Katzen den
Hunden weit überlegen waren.

„Nicht wirklich, auch wenn ich einmal für einen
Freund auf seinen Vierbeiner aufgepasst habe. Ich
bin wohl eher nicht geeignet als Hundehalterin",
kam als Antwort, während sie ein paar Papiere auf
dem Tisch sortierte. „Aber nachdem Sie ja nun
einmal einen haben, suchen wir am besten gleich
nach einem eingezäunten Objekt, oder?" Mit diesen
Worten drückte sie mir stolz eine ausgedruckte Liste
in die Hand.

Ich rätselte über ihre Worte nach, während ich
vorgab, das Exposé zu studieren. Sie hatte auf einen
Hund aufgepasst? Konnte damit der kleine Terrier
gemeint sein? War das die Erklärung für sein dama-
liges Verschwinden, bevor Charles ihn wieder beim
Haus der Hayes auflas? Und falls ja, warum hatte Yo-
Yo uns das nicht längst erzählt?

Nach dem Treffen mit Michelle war ich eigentlich
zuversichtlich gewesen, dass er seinen traumatischen

Gedächtnisverlust überwunden hatte. Vielleicht hatte er sich aber auch ganz bewusst entschieden, sich nicht an alles erinnern zu wollen. Wer konnte das schon sagen?

„Das hier kommt für mich eher nicht in Frage." Mit diesen Worten legte ich das Papier zurück auf Ihren Schreibtisch. „Trotzdem, vielen herzlichen Dank."

„Haben Sie sich bereits im Internet umgesehen? Die Einträge dort sind zwar nicht immer aktuell, aber es könnte uns helfen, unsere Suche einzugrenzen."

Sie war wirklich ein Profi in ihrem Job und ließ nicht locker. Um sie aus dem Gleichgewicht zu bringen, musste ich mir etwas Drastisches einfallen lassen. Glücklicherweise hatte ich ja noch ein Ass im Ärmel. Mit einer Hand hielt ich den Korb ganz fest.

„Na ja...", traute ich mich jetzt aus der Deckung, „ein Objekt, das mir gefallen könnte, habe ich schon gefunden. Draußen in Glendale. Vermutlich zu teuer für mich, aber trotzdem würde ich es mir gerne einmal ansehen."

„Ich kann Ihnen gerne anbieten, einmal unverbindlich mit den Besitzern zu verhandeln", meinte Sandra einschmeichelnd. „Erfüllt es alle Ihre

Wünsche? Haben Sie vielleicht sogar schon überlegt, was es Ihnen wert wäre?"

„Ich versuchte, unentschlossen zu wirken und machte weiter mit der Scharade.

„Also gefallen würde es mir schon sehr. Vielleicht wäre es wirklich einen Versuch wert?"

Sie stimmte mir begeistert zu. Es musste toll sein, mit so wenig Arbeit eine dicke Provision einzustreichen. Inzwischen sah sie auf meiner Stirn bestimmt schon ein großes, blinkendes Dollar–Zeichen. „Wunderbar. Wie lautet denn die Adresse?"

Ich zog mein Handy heraus und tat so, als würde ich danach suchen. In Wahrheit wusste ich die Adresse selbstverständlich längst auswendig. Dann las ich sie scheinbar ab.

Sandra verstummte urplötzlich und starrte mich nur noch an. „Meine Hoffnung auf ein Schnäppchen gründet sich auf die Tatsache, dass dort ein Doppelmord geschah, wie ich erfahren habe."

Schließlich versuchte sie, mich abzuwimmeln. „Ich glaube kaum, dass es das richtige Haus für Sie wäre, Liebes."

„Warum nicht? Die Lage ist gut und ich hätte jede Menge Platz für mich und die Tiere. Könnten wir nicht zumindest herausfinden, was es kosten soll?

Durch das Verbrechen sollte sicher ein hoher Nachlass möglich sein, meinen Sie nicht auch?"

„Ich kann Ihnen wirklich nur raten, die Finger von solch einem gebrandmarkten Objekt zu lassen." Damit zog sie scheinbar wahllos ein weiteres Angebot mit Bild aus ihrem Stapel. „Schauen Sie sich doch das hier einmal an. Das sieht doch hübsch aus. Was halten Sie davon?"

Ich warf keinen Blick darauf, sondern sah ihr direkt in die Augen. „Sie meinten doch eben noch selbst, für mich verhandeln zu können, wenn ich mir sicher bin. Und das bin ich. Können wir das jetzt bitte machen?"

Sie schüttelte den Kopf. „Ich sollte das jetzt vielleicht nicht sagen, weil es seltsam klingen mag, aber in dem Haus spukt es. Und zwar so richtig." Sie versuchte zu lachen dabei, hielt jedoch inne, als sie merkte, dass ich ihr das nicht abnahm.

„Oh, tatsächlich? Nur eine Sekunde bitte." Ich stellte den Korb mit Octocat auf dem Boden vor ihrem übergroßen Schreibtisch ab. So konnte sie nicht sehen, was ich vorhatte, sofern sie nicht extra dazu aufstand. Dann holte ich das iPad heraus und deutete ihm an, ebenfalls aus seinem Versteck zu kommen. Beruhigt sah ich, dass er den Notruf an meine Mama tatsächlich absetzte, und so konnte ich mich jetzt leichter wieder auf die zunehmend nervöser wirkende Sandra konzentrieren.

„Es spukt also wirklich, meinen Sie? Wer hätte das gedacht?" Ungläubig schüttelte ich den Kopf.

Sie nickte heftig und glaubte sich schon vom Haken, wenn ich die Erleichterung in ihrem Ausdruck richtig deutete. „Ich weiß wohl, dass viele Leute nicht an Geister glauben, aber seien Sie versichert, es gibt sie, und sie sind böse und gefährlich. Man sollte sich nicht mit ihnen anlegen."

„Wow. Hmm." Mehr fiel mir dazu momentan auch nicht ein. Ich wollte ja nur ein wenig Zeit schinden und tat so, als würde ich ihre Worte abwägen. Falls Octocat die Verbindung schon hergestellt hatte, konnte meine Mutter jetzt jedes Wort mithören. Vom Boden drangen Stimmen zu mir herauf. Das musste sie sein.

„Was war das?", fragte Sandra und wollte sich gerade erheben, um die Quelle der Geräusche zu suchen."

„Warten Sie", rief ich laut. „Ich habe eine wichtige Frage. Sie behaupten, die Geister sind böse. Kann das daran liegen, dass Sie die Hayes ermordet haben?"

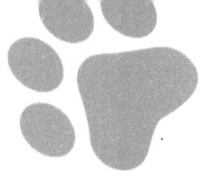

# 20

J etzt war die Katze endlich aus dem Sack. Oder besser gesagt, aus der Korbtasche. „Was fällt Ihnen ein, mich in meinem eigenen Büro derart zu beleidigen! Verschwinden Sie von hier, und zwar schnellstens!", schrie die Maklerin mich an. Keine Spur mehr von ihrem Standardlächeln. Wütend kam sie auf mich zu und ich ging instinktiv ängstlich in Deckung.

Zu allem Übel kam auch noch hinzu, dass ich bei meinem Versuch, auf die Füße zu kommen, Octocat versehentlich auf den Schwanz trat. Der ließ einen fürchterlichen Schmerzensschrei los und sprang auf den Schreibtisch, genau zwischen Sandra und mich.

„Was ist das denn jetzt? Wo zum Teufel kommt

der denn her?" Ihr Gesicht ähnelte langsam einer überreifen Tomate.

„Warum beantworten Sie nicht erst einmal meine Frage?", schrie ich sie an. „Ich weiß, dass Sie eine Mörderin sind, und kann das auch beweisen!"

„Beweisen? Lächerlich. Sehen Sie endlich zu, dass Sie von hier verschwinden", fuhr sie mich an.

Ich verschränkte die Arme vor der Brust, sah ihr in die Augen und versuchte, cool dreinzublicken. In Wahrheit rutschte mir das Herz gerade vor Angst in die Hose – aber das durfte sie natürlich nicht merken. „Ich gehe hier nicht eher raus, bevor Sie die Morde gestanden haben."

„Ich habe nichts getan!", sagte sie und betonte dabei jede einzelne Silbe, freilich, ohne mich überzeugen zu können."

„Sie haben die Hayes kaltblütig ermordet. Ihnen mit einem Hammer ihre Schädel eingeschlagen, und es dem Handwerker angehängt." Ich ließ nicht locker. „Wahrscheinlich würden Sie mich jetzt auch gerne aus dem Weg räumen, oder?"

Sandra stieß einen lauten Fluch aus und versuchte, mich zu packen, aber ich war schneller. Ich rannte aus dem Büro, den Flur entlang in Richtung Eingangshalle und rief laut um Hilfe, aber niemand antwortete.

„Dein Pech. Hier hilft dir jetzt keiner – es ist nämlich niemand hier." Mit einem grausamen Funkeln in den Augen kam sie mir immer näher."

Doch ich sah meine Chance. Als der Weg zum Flur kurz wieder frei war, quetschte ich mich an ihr vorbei, rannte so schnell ich konnte zurück in ihr Büro und schloss hinter mir ab.

„Das wirst du bereuen!", schrie sie und hämmerte wie wild gegen die Tür.

Ich ignorierte ihre Flüche erst einmal und begann, die Schubladen und Schränke nach Beweisen zu durchwühlen. Octocat leckte seinen schmerzenden Schwanz. Ich fuhr ihn an, mir bei der Suche zu helfen.

Bald war in ihrem Büro kein Stein mehr auf dem anderen.

Irgendwo musste sich doch etwas Belastendes finden lassen.

„Deine Mutter habe ich wie aufgetragen angerufen", beruhigte mich mein Kater.

„Ich verständige jetzt die Polizei!", schrie Sandra durch die Tür.

„Perfekt. Die können dich dann gleich festnehmen", brüllte ich zurück und warf Octocat einen dankbaren Blick zu. „Das hast du gut gemacht. Danke nochmals."

Immer noch hatten wir keinen Hinweis, dem wir nachgehen konnten, und meine Verzweiflung wuchs von Sekunde zu Sekunde.

„Was ist das denn hier?", meinte mein Helferlein plötzlich, nachdem er einen Stapel Post auf der Kommode angestupst hatte, bis er herunterfiel und alle Briefe auf dem Boden verstreut lagen. „Das kommt mir bekannt vor." Er konnte zwar noch immer nicht lesen, fing aber bereits an, bestimmte Nummern und Buchstaben zu erkennen.

Und tatsächlich, ich fand einen geschlossenen Umschlag, der an Charles, und unsere Firma adressiert war.

„Oh! Glaubst du, du könntest ungestraft meine Kollegen erpressen?", rief ich nach draußen zu Sandra und wedelte mit dem Brief, wohl wissend, dass sie das nicht sehen konnte. „Aber was soll das bringen, wo du doch genau weißt, dass Brock Calhoun nicht der Mörder des Ehepaars Hayes ist?"

Die erwarteten Flüche blieben aus. Plötzlich herrschte wieder Stille im Gebäude. Alles, was ich hören konnte, war mein eigenes Blut, wie es mir in rasendem Tempo durch die Adern rauschte. Ich schickte ein Stoßgebet zum Himmel, dass Sandra keine Waffe im Haus haben möge, womit sie uns selbst durch die verschlossene Tür erwischen konnte.

Einen kurzen Augenblick später nahte endlich Hilfe. Die Fronttür wurde kräftig aufgestoßen, und das kleine Glöckchen mutierte zur Alarmsirene.

„Laura Lee, Nachrichten Kanal 7. Könnten Sie unseren Zuschauern bitte erklären, was hier los ist?" Eindeutig meine Mutter auf dem Kriegspfad. Auch wenn ich sie nicht sehen konnte, wusste ich, dass sie ihr Mikrofon gerade wie ein Schwert einsetzte.

Das gab mir Sicherheit und deshalb traute ich mich nun auch, die Tür zu öffnen, gerade rechtzeitig, um zu sehen, wie Sandra Lynn sich aus dem Staub zu machen versuchte.

„Mom! Halt sie auf!", rief ich und rannte der Flüchtenden hinterher. Ich hatte zwar keine Ahnung, was ich tun würde, wenn ich sie wirklich erwischte, musste es aber zumindest versuchen.

„Du bleibst schön hier", befahl mir meine Mutter, ließ ihr Mikrofon sinken und nahm mich in die Arme. Statt meiner nahm ihr Kameramann die Verfolgung auf, aber mit der schweren Ausrüstung auf den Schultern hatte er natürlich keine Chance.

Durch die Glastür konnte ich erkennen, dass inzwischen auch ein Streifenwagen eingetroffen war.

Zwei bewaffnete Polizisten beteiligten sich an der Jagd.

Plötzlich drang Charles' Stimme an mein Ohr, ohne dass ich ihn sehen konnte. „Ich habe sie!"

Mutter ließ mich umgehend los, und sofort rannte ich ebenfalls nach draußen, um nicht zu verpassen, was sich dort abspielte. Wie erhofft hatte Charles tatsächlich die verstörte Mörderin fest im Griff.

„Ihr habt keinerlei Beweise!", schrie sie.

„Das stimmt nicht ganz", widersprach ich und wedelte mit dem Umschlag, den ich dem am nächsten stehenden Polizisten übergab. „Der war in der Ausgangspost"

„Ein Drohbrief?", meinte der Beamte, als er den Inhalt überflog. „Danke. Der wird sicher helfen, die Anklage wegen Doppelmord zu festigen. So schnell kommt die Dame nicht mehr aus unserem Gewahrsam."

„Mir stehen Rechte zu!", brüllte Sandra verzweifelt.

„Völlig richtig", meinte der Polizist, „und deshalb lese ich Ihnen die jetzt vor: Sie haben das Recht zu schweigen ..."

Charles schien ein wenig zu humpeln, als er zu mir herüberkam. Vielleicht wurde er verletzt, als er

Sandra festhielt? Aber seine Sorge galt eher mir. "Bist du okay?"

„Absolut. Kein Problem."

Nachdem er sich überzeugt hatte, dass das stimmte, verzog er ärgerlich das Gesicht. „Was hast du dir dabei gedacht, das ohne uns durchzuziehen?"

„Ich musste einfach einen praktikablen Weg finden, Brocks Unschuld zu beweisen. Und so schien es mir am wirkungsvollsten."

„Es war der denkbar dümmste Weg. Und der gefährlichste obendrein", murrte er.

Ich schüttelte den Kopf und erinnerte ihn an die Worte des Polizisten. „Hast du vielleicht eine andere Möglichkeit gesehen, es zu beweisen?"

Er fuhr sich mit der Hand durchs Haar und seufzte. "Allerdings. Und wenn du zurück zum Haus gekommen wärst, hätte ich dir die auch persönlich erklärt."

„Dann leg doch jetzt los", wollte ich logischerweise nun wissen. Mir war immer noch schleierhaft, warum die Maklerin ihre Kunden umgebracht hatte, und das machte mich verrückt.

„Mitch", entgegnete Charles. „Während unserer Fahrt hat sie Mails an einige wichtige Leute geschickt."

„Aber sie hat doch behauptet, ihr Handy ..."

Er schnitt mir das Wort ab. „Stimmt auch. Sie hat Großmutters Telefon benutzt. Jedenfalls warst du mit der Druckerei auf der richtigen Spur, aber dir fehlte der passende Zugang. Bills früherem Arbeitgeber, Mr. Weber, ist es gelungen, ein paar gelöschte Daten wiederherzustellen. Als er von uns erfuhr, wonach exakt er suchen musste – nämlich nach den Aufträgen von Lighthouse Realty –, war es ihm möglich, das richtige Material zusammenzustellen."

Das freute mich natürlich, aber ich hatte immer noch keine Ahnung, worauf Charles hinauswollte. „Und das war was genau?"

„Das Motiv", erklärte er mit einem gewinnenden Lächeln. „Der Beweis war klein und schwer zu entdecken, aber bei ihrem letzten Druckauftrag machte Sandra einen entscheidenden Fehler.

„Nämlich? Nun lass dir doch nicht alles einzeln aus der Nase ziehen!"

„Sie gab Bill versehentlich eine Seite zu viel. Aus der gingen dummerweise Infos über illegale Geschäfte und ihre Offshore-Konten hervor."

„Also hatte sie Angst, er könnte sie anzeigen? Deswegen mussten er und Ruth sterben?"

Sandra hatte im Hintergrund mitgehört. „Er hat mich erpresst! Das Schwein wollte, dass ich ihm kostenlos ein neues Haus besorge. Weil ich doch angeblich genau wüsste, wie man die Gesetze etwas verbiegen könne. Dass auch ich keine halbe Million so einfach herumliegen habe, hat ihn nicht interessiert. Was blieb mir also anderes übrig, als bis zum Äußersten zu gehen?"

„Erst mal gar nicht mit den Betrügereien anfangen", antwortete ihr einer der Polizisten, drückte ihren Kopf nach unten und schob sie in den Streifenwagen.

„Und selbst danach hätten Sie niemand ermorden sollen – egal weshalb", mischte sich sein Kollege ein.

„Das waren die Nachrichten auf Ihrem Kanal 7." Mutter startete gerade in ihre neue Karriere. „Brock Calhoun ist unschuldig. Die wahre Mörderin wurde festgenommen und hat gestanden. Und Sie waren dank uns exklusiv und live mit dabei!"

Als sie dann auch noch anfing, Charles zu interviewen, stahl ich mich heimlich davon, um meinen Kater samt iPad einzusammeln.

Octocat hatte es sich auf Sandras Schreibtisch gemütlich gemacht und schnarchte vor sich hin. Wie er es geschafft hatte, bei diesem ganzen Wirbel einzuschlafen, war mir ein Rätsel.

„Hey." Ich stupste ihn sanft an. „Wach auf. Wir haben den Fall endgültig gelöst."

Er blinzelte mich an, gähnte, und fragte müde: „Na endlich. Kann ich jetzt nach Hause?"

„Wenn du das möchtest. Aber was hältst du denn davon, vorher im Lokal *Zum kleinen Hund* Hummerbrötchen zu fressen? Verzeihung, ich meinte natürlich, zu verspeisen ..."

\* \* \*

Charles ließ es sich nicht nehmen mitzukommen und alle zu der Spezialität einzuladen. Unsere Truppe war nach der Verhaftung von Sandra wieder komplett versammelt: Mitch, Großmutter mit Yo-Yo, Octocat, Charles und ich genossen ein delikates Mahl. So nebenbei informierte ich die anderen auch über die Details meines Besuchs im Maklerbüro.

Gegen Ende meines Berichts schlug meine Oma mir auf den Hinterkopf, und beinahe hätte ich mich wieder verschluckt. „Was?", jammerte ich mit vollem Mund.

„Wenn du je wieder so etwas Dummes im Alleingang durchziehst, bringe ich dich höchstpersönlich um", drohte sie. Dabei blickte sie so böse drein, dass man ihr das beinahe abgenommen hätte.

„Schon gut. Tut mir leid", versuchte ich sie zu besänftigen. „Was ist denn nun mit Brock? Hat man es ihm schon gesagt?" Ich wollte schnell das Thema wechseln ...

Charles leckte etwas Mayo von seinem Daumen. „Sie machen gerade die Papiere für die Entlassung fertig. Heute Abend ist er wieder ein freier Mann."

Diese Nachricht war doch alle Mühen wert gewesen. Mit Freude stürzte ich mich auf ein weiteres Hummerbrötchen.

Mitch war als Erste mit dem Essen fertig und nahm Yo-Yo hoch auf ihren Schoß. Da fiel mir noch etwas ein: „Als ich bei Sandra war, hat sie erwähnt, sie hätte einmal für einen Freund längere Zeit auf einen Hund aufgepasst. Meint ihr, das war er?"

„Also ich kann mir nicht vorstellen, dass sie ihn gestohlen und ein paar Wochen als Geisel behalten hat, nur um ihn dann wieder freizulassen", meinte Charles „Was hätte ihr das bringen sollen?"

„Warum fragen wir den Hund nicht selbst?", meinte Octocat. Er war kaum zu verstehen, weil er sich selbst beim Sprechen nicht davon abhalten ließ, auf einem Shrimps herumzukauen.

„Würdest du das für uns tun?" Sicherheitshalber schob ich schnell noch ein kleines „Bitte" hinterher.

Charles wollte die Frage präzisieren, aber ich schnitt ihm das Wort ab. So schlau war Octocat selbst. Wir mussten ihm nur etwas Zeit geben.

„Dein Verdacht hat sich bestätigt. Sie hat ihn in der Mordnacht mitgenommen, weil er nicht aufhören wollte zu bellen. Später gelang es ihm zu entkommen. Und dann hat es noch eine Weile gedauert, bis er den Weg von Misty Harbor zurückfand, aber er wollte um jeden Preis nach Hause."

Auf Octocat war eben Verlass. Ich gab seine Erklärung auch gleich wörtlich an die Gruppe weiter.

„Warum hat sie ihn nicht einfach auch getötet?", wollte Charles nun wissen. Wir dachten eigentlich das Gleiche, nur Großmutter konnte sich vorstellen, dass selbst Sandra das nicht übers Herz brachte.

„Außerdem möchte er sich dafür entschuldigen, dass er sich erst so spät erinnert hat. Und uns allen für die Hilfe danken." Jetzt war die Übersetzung wohl vollständig, und ich gab auch das noch weiter.

Dann fragte ich die anderen auch gleich noch, wie es jetzt mit ihm weitergehen würde. Wo sollte er hin?

„Charles hilft mir dabei, bei der Schule eine Ausnahmegenehmigung zu beantragen, damit er bei mir bleiben kann. Sozusagen als moralische Unterstützung. Ich könnte es nicht ertragen, ihn gleich wieder zu verlieren. Mehr ist von meiner Familie ja leider nicht übriggeblieben", erklärte Mitch mit einem traurigen Lächeln.

„Und bis das durch ist, kann er bei mir bleiben",

sagte Charles. „Das wird schon klappen. Schließlich wurden ..." Er brach mitten im Satz ab, aber Mitch hatte ihn schon verstanden.

„...meine Eltern kürzlich ermordet."

„Was für ein Tag", lenkte Großmutter schnell ab. „Also vor unserem nächsten großen Fall sollten wir uns alle eine Pause gönnen. Ich hoffe, du hast da nichts dagegen?" Dabei schaute sie mich an.

„Wie kommst du darauf, dass es einen nächsten Fall geben wird?", fragte ich verblüfft.

„Weil du, mein Liebling, dich zwar dabei immer wieder leichtsinnig in Schwierigkeiten bringst, aber letztlich anscheinend deine wahre Berufung gefunden hast."

„Die da wäre?"

„Du bist die beste Privatdetektivin von ganz Maine", gab sie mit einem stolzen Lächeln zur Antwort.

„Darauf trinken wir", forderte Charles uns auf und erhob sein Glas mit Mineralwasser.

„Ich bin dabei", machte Mitch es ihm nach.

In diesem Moment kam Mutter ins Restaurant gestürzt. „Wartet auf mich! Was habe ich alles verpasst?"

„Nichts", beruhigte Großmutter sie, „wirklich überhaupt nichts."

Was mich betraf, konnte ich jetzt auch noch etwas warten mit meinen Erklärungen in Sachen Octocat. Für heute hatten wir alle genug erlebt.

Wie aufs Stichwort machte sich dieser wieder mit einem Kratzen seiner Pfote bemerkbar.

„Also, wenn wir das jetzt abschließen, wäre es doch an der Zeit, mir meinen großen Wunsch zu erfüllen? Was meinst du?"

Da meine Mutter gerade mit ihrer Bestellung und der Kellnerin beschäftigt war, beugte ich mich zu ihm hinunter und flüsterte: „Und was soll es denn nun sein?"

„Nichts Besonderes. Ich will nur, dass du mir ein Haus kaufst." Sein Gesicht war ein einziges Grinsen."

„Ein Haus?" Das war doch der Gipfel.

Er nickte aufgeregt. „Jawohl. Und zwar nicht irgendeines. *Mein* Heim. Ich will wieder nach Hause."

Mir blieb der Mund offenstehen, während ich noch nach der passenden Antwort suchte, aber die wollte mir einfach nicht einfallen.

„Keine Bange, du darfst auch mitkommen!", schob Octocat nach, im vergeblichen Versuch, meine Zweifel zu zerstreuen. Er hatte inzwischen gut gelernt, die menschliche Rasse einzuschätzen und ihre Handlungsweisen richtig vorherzusehen, das musste man ihm lassen. Aber einige kleine, unwichtige Dinge spielten für ihn wohl keine Rolle, zum Beispiel, dass wir Menschen zur Erfüllung unserer Wünsche in der Regel Geld brauchten.

„Du willst, dass ich Ethels Haus kaufe? Diesen Palast kann ich mir nie im Leben leisten", zischte ich ihm zu.

„Ganz ruhig. Darüber reden wir später", meinte er, während er sich wieder seinen Shrimps widmete.

Als ich mich aufrichtete und wieder zu meinen Gefährten schaute, merkte ich, wie Mutter mich anstarrte. Diesen Blick kannte ich nur zu genau.

*Sie hatte es die ganze Zeit über gewusst!*

**Wie geht es weiter?**
**Finde es schnell heraus …**

*Samtpfoten-Schikane* ist jetzt erhältlich.

**Sichere dir noch heute dein Exemplar, damit du direkt mit der Fortsetzung dieser verrückten Krimiserie weiterlesen kannst!**

\* \* \*

Und vergiss nicht, dich in Mollys Liste einzutragen, damit du über alle Neuerscheinungen, monatlich stattfindende Verlosungen und weitere coole Aktionen (einschließlich jeder Menge Katzenfotos) informiert bleibst.

**Hole dir noch heute dein persönliches Exemplar und fange direkt an zu lesen.**
**Katzengeheimnisse.com/abonnieren**

# WIE GEHT ES WEITER?

**Diese beiden Katzen sind nackt und verängstigt ... Aber haben sie auch ihre Besitzerin getötet?**

Ich habe mich nie bewusst dazu entschieden, Privatdetektivin zu werden, schon gar nicht mit einem überheblichen, sprechenden Kater als Co-Ermittler, aber jetzt gibt es kein Zurück mehr. Vor allem nicht in Anbetracht der Tatsache, dass eine prominente Politikerin direkt bei mir nebenan ermordet wurde.

Die einzigen Zeugen sind die beiden Nacktkatzen der Senatorin, Jacques und Jillianne. Normalerweise wollen uns Haustiere dabei helfen, die Morde ihrer

Besitzer aufzuklären, aber dieses Mal scheint es, als ob die beiden verschlagenen Sphynx-Katzen tatsächlich diejenigen sein könnten, die den Mord begangen haben ...

Überraschenderweise will mein vierbeiniger Detektivpartner Octocat mich dieses Mal sogar unterstützen, allerdings kann er unsere beiden Hauptverdächtigen wegen ihrer seltsamen Ausdrucksweise kaum verstehen. Und ich hatte gedacht, wir könnten das Ding schnell aufklären!

So, da stehe ich nun, und obwohl ich schon zwei Fälle erfolgreich gelöst habe, weiß ich diesmal wirklich nicht, wie ich das anstellen soll. Vielleicht sollte ich mir doch besser einen anderen Job suchen?

**Hole dir noch heute dein persönliches Exemplar und fange direkt an zu lesen.**

**Viel Spaß!**

Hallo, ich bin Angie Russo, und mein Hauskater quasselt in einer Tour. Nein, nein, er maunzt und miaut nicht nur, sondern gibt richtige Worte von sich, die ich verstehen kann. Allerdings bin ich bislang die Einzige, die diese Fähigkeit zu haben scheint, und ich habe immer noch absolut keine Ahnung, warum.

Alles begann, als mir in der Rechtsanwaltskanzlei, in der ich als Assistentin arbeite, ein heftiger Stromschlag von einer defekten Kaffeemaschine verpasst wurde. Seitdem haben Octocat und ich unsere besonderen kommunikativen Fähigkeiten dazu genutzt, um zwei Mordfälle gemeinsam aufzuklären. Und eines steht fest: Wir sind ein ziemlich gutes Team.

Erst vor ein paar Wochen haben wir mit unserer cleveren Detektivarbeit den örtlichen Handwerker Brock Calhoun aus dem Knast gerettet – er war unschuldig. Doch schon kann mein Katzenkumpel es kaum erwarten, einen neuen Fall zu lösen. Offensichtlich ist ihm ein Leben, in dem er den ganzen Tag nur chillt und sich zwischendurch über alles Mögliche beschwert, nicht mehr aufregend genug.

Ich für meinen Teil war mein Leben lang auf der Suche nach dem einen besonderen Supertalent gewesen, das mich richtig erfüllen würde. Grandma hingegen war in ihrer Blütezeit ein Star am Broadway, und meine Eltern arbeiten beide mit Hingabe für den lokalen Nachrichtensender.

Sie alle waren sich ihrer Talente schon früh im Leben bewusst, aber ich habe mich wirklich immer schwergetan, meine wahre Leidenschaft herauszufinden. Ich konnte mich noch nicht einmal für einen bestimmten Uni-Abschluss entscheiden, weshalb ich jetzt sieben verschiedene Associate Degrees habe, also praktisch sieben halbe Bachelor-Abschlüsse.

Ich hätte definitiv nie erwartet, meine wahre Berufung als Anwaltsgehilfin zu finden, besonders wenn man bedenkt, wie sehr ich Anwälte immer gehasst habe. Aber jetzt, wo ich Octocat und meine spezielle

Fähigkeit habe, finde ich, dass die Arbeit in der Kanzlei Thompson, Longfellow & Partner die perfekte Möglichkeit ist, mein neu entdecktes Talent sinnvoll einzusetzen. Außerdem hat der neueste Partner der Kanzlei, Charles Longfellow III. (der Dritte!), schon live mitbekommen, dass ich mit Tieren sprechen kann.

Oh Mann, der Fall war heikel! Charles wurde aber nicht gefeuert. Stattdessen wurde er sogar befördert. Ich war so stolz auf ihn, dass ich ihm noch am selben Tag vorschlug, mit mir ins Lokal „Zum kleinen Hund" in Misty Harbor zu gehen, um das Ereignis mit den weltbesten Hummerbrötchen gebührend zu feiern. Er meinte jedoch, das müssten wir verschieben, weil er schon etwas mit seiner neuen Freundin, Breanne Calhoun, geplant habe.

Ja, das ist so eine Sache, die mir nicht in den Kopf will.

Als ich erfuhr, dass Charles sich jetzt mit der kühlen, schnippischen Maklerin trifft, die wir erst kürzlich des Mordes verdächtigt hatten, war ich schlagartig nicht mehr in ihn verschossen –das musste ein für alle Mal ein Ende haben. Außerdem beschloss ich, Octocat von nun an nicht mehr zu korrigieren, wenn er ihn wieder als „Kotzbrocken" bezeichnen würde.

Der Gedanke an ihn und Breanne zusammen macht mich krank.

Aber vielleicht ist es besser so. Ich muss mich wirklich auf meine neuen Tierflüsterer-Fähigkeiten konzentrieren, und Octocat und ich müssen beide besser darin werden, Fälle zu untersuchen, ohne dass irgendwer Verdacht schöpft. Ich habe also im Grunde gar keine Zeit mehr zum Verliebt- oder Vernarrtsein oder was auch immer ich für Charles empfunden hatte.

Wie dem auch sei, wer braucht schon einen Freund, wenn man eine sprechende Katze hat?

Ich nicht. Also, zumindest im Moment nicht.

In den vergangenen Wochen habe ich viel mehr Zeit mit meiner Mutter verbracht. Seit sie uns bei unserem letzten Fall geholfen hat, den wahren Mörder zu schnappen, ist sie auf einer Art Karrierehoch. Sie konnte damals mit einer Sensationsnachricht aufwarten und schaffte es sogar, bei unserem Showdown mit dem Mörder live mit der Kamera dabei zu sein. Der Beitrag wurde landesweit ausgestrahlt, und sie und mein Vater erhielten daraufhin Jobangebote aus dem ganzen Land.

Zuletzt kam eines aus Texas, glaube ich.

Sie hat jedoch alle abgelehnt, denn sie will nicht weg von hier, solange ich nicht mit umziehe. Aber ich würde meine Grandma nie allein lassen, und Grandma will nicht weg aus der Blueberry Bay.

Wir bleiben also vorerst alle genau da, wo wir sind.

Klar, wenn noch viel mehr Leute von meinem Geheimnis erfahren, werde ich wahrscheinlich irgendwann gehen müssen. Im Moment wissen es insgesamt fünf – meine Großmutter und meine Eltern, denen ich es bewusst erzählt habe, sowie Charles und eine College-Studentin namens Mitch. Letztere haben es beide durch Zufall mitbekommen. Hoffentlich kann ich verhindern, dass es noch mehr werden, aber anscheinend ahnen einige Leute schon etwas.

Und das macht mir definitiv Sorgen.

Besonders, weil meine Mutter mich gerade dazu überredet hat, ihr bei ihren neuesten journalistischen Recherchen zu helfen ...

Ich hatte endlich nur noch eine Teilzeitstelle in der Firma, und heute war einer meiner freien Tage. Allerdings war „frei" heute relativ, denn mir stand zu Hause eine größere Aufgabe bevor: Ich musste sämtliche Siebensachen in meinem kleinen Häuschen, das ich gemietet hatte, zusammenzupacken, und zwar unter der Aufsicht eines sehr anspruchsvollen Katers.

Nicht nur musste ich mich von einer Reihe meiner Habseligkeiten trennen, die er als unpassend empfand, er war auch der Grund, warum ich überhaupt umziehen musste. Zugegeben, ich selbst hatte ihm zuvor versprochen, ihm einen großen Gefallen zu schulden. Dafür durfte ich ihn in ein Katzengeschirr stecken und ihn damit ausführen. Ich hatte allerdings nicht damit gerechnet, dass dieser Gefallen über fünfhundert Quadratmeter groß sein würde.

Er verlangte von mir, das alte Herrenhaus zu kaufen, in dem er mit Ethel Fulton gelebt hatte, bevor sie ermordet wurde und bevor er durch eine wirklich unglaubliche Folge von Ereignissen zu mir kam. Jetzt kostete mich ein Zwölf-Dollar-Katzengeschirr den Großteil der fünftausend Dollar, die ich monatlich für seine Pflege erhielt. Das war mir eine Lehre, und ich habe mir geschworen, dem gnädigen Herrn nichts mehr ohne eine konkrete Abmachung zu versprechen.

Ja gut, mein ehemaliger Chef, Richard Fulton, hat mir wirklich einen großzügigen Preisnachlass angeboten. Außerdem gab es nicht so viele Interessenten für das Haus, als bekannt wurde, dass die frühere

Hausbesitzerin dort ermordet worden war. *Aber trotzdem!* „Fulton Manor" würde mich eine hübsche Stange Geld kosten, nicht nur die Hypothek, sondern auch die vielen Reparaturen, von denen die meisten allein schon aus Sicherheitsgründen unbedingt notwendig erschienen.

Zumindest hatte das der Gutachter so gesagt.

Es ging irgendwie alles wahnsinnig schnell – plötzlich war der Kaufvertrag unterschrieben, und jetzt werden Octocat und ich dort einzuziehen. Es ist schon komisch, wie die Bürokratie die Dinge manchmal extrem verlangsamt, und dann wiederum gibt es Situationen, da sieht man den Amtsschimmel auf einmal davongaloppieren und findet sich in einem neuen Leben wieder. In der Umgebung von Blueberry Bay hielten die Fultons die Zügel jenes Schimmels jedoch fest in der Hand, was für mich von Vorteil war, da ich mit sehr wenig Aufwand an diese Villa kam.

Meine Großmutter, die in meine Katze und mich gleichermaßen vernarrt ist, hatte beschlossen, uns zu unterstützen. Obwohl sie ihr charmantes kleines Haus im Cape-Cod-Stil seit mehr als fünfunddreißig Jahren besaß, meinte sie, es sei nun an der Zeit, es zu verkaufen und mit zu mir in mein neues Heim direkt an der Ostküste zu ziehen.

„Der Unterschied ist", erklärte sie, „dass ich dieses Mal mit dir zusammenlebe und nicht umgekehrt." Dabei hatte sie mich vor weniger als einem Jahr quasi rausgeworfen – nur um jetzt bei mir einzuziehen.

Ehrlich gesagt, ich freue mich total, jemanden zu haben, der die üblichen Spannungen zwischen Octocat und mir zwischendurch etwas abfedern kann. Ich liebe ihn mehr als alles andere, aber er bringt mich auch regelmäßig zur Weißglut, weil er ständig neue, überraschende Wege findet, um die Grenzen auszutesten, die ich ihm zu setzen versuche.

Und so ziehen wir alle dieses Wochenende dort ein, obwohl Grandma noch nicht einmal einen echten Interessenten für ihr Haus hat. Breanne meinte, dass es sich besser verkaufen ließe, wenn niemand mehr darin wohne. Ja, ich konnte auch nicht glauben, dass Grandma ausgerechnet das Maklerbüro Calhoun mit dem Verkauf ihres Hauses beauftragt hatte. Ich sollte dringend mal ein ernsthaftes Gespräch mit ihr in puncto Familienloyalität führen.

Aber zuerst müssen wir den großen Umzug hinter uns bringen.

„Draußen ist gerade jemand vorgefahren", informierte mich Octocat und hüpfte auf das Ende des

Bettes, wo sich gerade der größte Teil meiner Garderobe zum Sortieren befand. Ich nutze den Umzug als eine gute Gelegenheit, Ballast abzuwerfen, auch wenn sich meine Wohnfläche jetzt fast verzehnfachen würde.

Einen Moment später hämmerte jemand an die Haustür und ich vernahm die Stimme meiner Mutter: „Angie? Angie, bist du da?"

„Ich komme!", brüllte ich und ließ einen halbvollen Karton zu Boden fallen.

Ich schob den Riegel zurück, und meine Mutter kam hereingeschossen. „Du errätst nie, was passiert ist!", rief sie und griff sich eine meiner Jacken aus dem Schrank, die sie mir dann aufgeregt zuwarf.

„Was?", fragte ich, noch etwas schläfrig und noch nicht wirklich bereit für einen derartigen Begeisterungsausbruch.

Sie folgte mir in die Küche, wo ich mir eine Dose Diätlimo schnappte und den Deckel zischend öffnete – mein neuester, kläglicher Kaffee-Ersatz-Versuch.

„Lou Harlow wurde ermordet!", kreischte sie entzückt.

„Ähm, Mom. Wie wäre es mit etwas weniger Begeisterung über den Tod von jemandem, bitte?" Lou Harlow war tatsächlich nicht nur irgendjemand. Als Senatorin, also eine der beiden Abgeordneten, die unseren wunderbaren Bundesstaat Maine im Kongress repräsentierten, war sie eine der berühmtesten Personen der Blueberry Bay.

Und jetzt war sie tot. Und aus irgendeinem Grund versetzte meine Mutter das in Ekstase.

„Es tut mir leid. Ich weiß, es ist traurig, dass sie gestorben ist und alles, aber rate mal, wer gebeten wurde, darüber zu berichten?" Sie biss sich auf die Unterlippe und deutete mit beiden Daumen auf ihre Brust, während sie ihre Augen komisch weit aufriss.

„Glückwunsch", murmelte ich, immer noch mit einem mulmigen Gefühl ob ihrer Reaktion auf diese ganze Sache.

„Danke", sagte sie mit einem strahlenden Lächeln. „Die fanden meine Berichterstattung über die Hayes-Morde wohl so gut, dass der Sender jetzt gerne wieder einen investigativen Beitrag von mir hätte."

„Ich freue mich wirklich für dich, Mom." Und das meinte ich auch so. Sie hatte hart gearbeitet, um an diesen Punkt zu gelangen, und jetzt schien es sich endlich auszuzahlen ...

„Gut, denn ich brauche deine Hilfe."

„Was? Nein, nein, nein, nein." Auch wenn ich ihr zugearbeitet hatte, um den wahren Mörder der Hayes zu finden und Brock Calhouns Namen aus dem

Dreck zu ziehen, bedeutete das aber noch lange nicht, dass ich mich direkt in eine weitere Morderemittlung stürzen wollte, vor allem nicht in eine, bei der es um eine so prominente Persönlichkeit ging.

„Angie, du hast gar keine andere Wahl."

Ich stöhnte und schüttelte den Kopf. „Ja klar, das ist natürlich ein überzeugendes Argument."

„Die Senatorin wurde in ihrem Haus getötet", verriet sie. „Und weißt du, wo sich dieses Haus befindet?"

„Irgendwo in Glendale?", seufzte ich.

„Nicht nur irgendwo", korrigierte mich meine Mutter mit einem Leuchten in ihren braunen Augen. „Direkt neben deinem neuen Domizil."

**Hole dir noch heute dein persönliches Exemplar und fange direkt an zu lesen.**

## ÜBER MOLLY FITZ

Obwohl USA-Today-Bestsellerautorin Molly Fitz genau genommen nicht mit Tieren sprechen kann, führen sie und ihre drei tierischen Co-Autoren oft tiefgründige und lebhafte Gespräche, während sie den alltäglichen Dingen des Lebens nachgehen.

Molly lebt mit ihrem Kind und ihrem eigenen Privatzoo irgendwo in der Wildnis von Alaska. Gelegentlich wagt sie sich hinaus, um ein exquisites Essen zu genießen, einen guten Kaffee zu trinken oder neue Tierfreunde zu treffen.

Erfahre mehr über Molly und ihre deutschen Veröffentlichungen, indem du dich gleich für ihren Newsletter anmeldest:

**www.katzengeheimnisse.com**

## MISS DOLITTLES GEHEIMNIS

Angie Russo hat sich gerade mit dem ersten sprechenden Katzendetektiv von Blueberry Bay zusammengetan. Gemeinsam mit seiner bunt zusammengewürfelten Schar menschlicher und tierischer Helfer ist Octocat fest entschlossen, jede Situation zu retten – solange sie nicht mit seinem persönlichen Zeitplan kollidiert.

Viel Spaß mit Band 1 – **Kommissar Katerchen**

## MERLINS MAGISCHE ABENTEUER

Gracie Springs ist keine Hexe ... ihr Kater hingegen schon. Jetzt muss sie alles in ihrer Macht Stehende tun, um sein Geheimnis zu wahren, oder sie riskiert, den Rest ihres Lebens in einem magischen Gefängnis zu verbringen. Zu dumm, dass sie den Ärger geradezu magnetisch anzuziehen scheint!

Viel Spaß mit Band 1 – **Merlin findet eine Vertraute**

## AGENTUR FÜR PARANORMALE ZEITARBEIT

Tawny Bigfords gewöhnlich zu nennendes Leben nimmt eine magische Wendung, als sie über die Leiche ihrer Vermieterin stolpert und von einer sprechenden schwarzen Katze rekrutiert wird, die Rolle der Verstorbenen als offizielle Stadthexe von Beech Grove, Georgia, zu übernehmen.

Viel Spaß mit Band 1 – **Eine Hexe für alle Gelegenheiten**

## DAS GEISTERHAFTE GÄSTEHAUS (MIT TRIXIE SILVERTALE)

Sydney Coleman hat alles erreicht – und doch steht sie irgendwann vor dem Nichts. Gerade, als sie ihr neues Bed and Breakfast eröffnen will, stellt sich ihr ein Geistertrio auf Schritt und Tritt in den Weg. Die Geister bestehen darauf, dass sie den Mord an ihrer Herrin aufklärt, aber Sydney braucht dringend Geld. Wenn nicht bald ein paar zahlende Gäste eintreffen, ist ihre Spukvilla dem Untergang geweiht.

Viel Spaß mit Band 1 – *Mörderischer Mondschein*

## VERBINDE DICH MIT MOLLY

Wenn du ebenfalls ein großer Fan von spannenden, schrägen Tierkrimis bist, sollten wir unbedingt Freunde werden.

Wie wäre es, wenn du direkt einmal meine Facebook-Seite besuchst, die ich speziell für meine treuen deutschen Leser eingerichtet habe? Hier der Link dazu:

**Facebook.com/Katzengeheimnisse**

Oder melde dich für meinen Newsletter an und sichere dir als Abonnent gratis ein digitales Geschenkpaket, einschließlich einer exklusiven Kurzgeschichte über Octocat:

**Katzengeheimnisse.com/Abonnieren**